U0087981

小說　賞

三門街

原著　清·佚名
編寫　余知奇

三民書局

主編的話

在經典故事中成長

我常常思索著，我是怎麼成了一個說故事的人？

有一段我已經忘卻的記憶，那是一個沒有什麼像樣娛樂的年代，大人們忙著養家活口或整理家務，大部分的孩子都是自己尋找樂趣，妹妹告訴我，她們是在我說的故事中度過童年的。我常一手牽著小妹，一手牽著大妹，走到家附近那廢棄的老宅前，老宅大而陰森，厚重而斑駁的木門前有一座石階，連接木門和石階的磚牆都已傾頹，只有那座石階安好，作為一個講臺恰到好處。妹妹席地而坐，我站上石階，像天方夜譚般開始一千零一夜的故事。

記憶中的小時候，我是個木訥寡言的人，所以當小妹說起這段過去時，我露出不可思議的神情，懷疑她說的是另一個人的事。雖然如此，我卻記得我是如何開始寫故事的。那是專三的暑假，對所有要上大學的人來說，這個暑假是很特別的假期，彷彿過了這個暑假就從青少年走入成年。放暑假的第一天，我從北部帶著紅樓夢返家，想說漫長的暑假適合讀平日零碎時間不能完整閱讀的大部頭。當我花了兩個星期沒日沒夜看完紅樓夢，還沒從寶黛沒有快樂結局的悲悽愛情氛圍中脫身，突然萌生說故事的衝動，便在酷暑時節，窩在通鋪式的臥房，以摺疊成山的棉被權充書桌，幾個下午就完成我的第一篇短篇小說、我說的第一個故事。寫完時全身汗水淋漓，用鉛筆寫的草稿也被手汗沾得處處字跡模糊，不過我不擔心，所有的文字都在我腦海中，無需辨認。之後我又花了幾天把草稿謄在稿紙上，投寄到台灣日報副刊，當那個訴說青春少女和遲暮老人忘年情誼的小說變成鉛字出現在報紙副刊，我知道我喜歡說故事、可以說故事，於是寫了一篇又一篇的小說，直到今天。

原來是經典小說帶領我走入說故事的行列，這段記憶我始終記

得，也很希望在童年時代還耐不下性子閱讀原典的孩子們，能和我一樣在經典故事中成長。

雖然市場上重新編寫經典小說的作品很多，但對我這個有兩個少年階段孩子的母親來說，卻總覺得找不到適合的版本，不是太簡單，就是太難，要不然就是刪節得不好，文字不夠精確等等，我們看到了這當中的成長空間，於是計畫進行一套經典小說的改寫版本。

首先我們先確定了方向，保留較多文學性，讓這套書適合大孩子閱讀；但也因為如此，讓我們在邀請撰稿者方面碰到不少困難。幸好有宇文正、石德華、許榮哲等作家朋友們願意加入，加上三民書局之前「世紀人物 100」的傳記書系列，也出現了不少有文采、有功力的寫作者，讓這套書可以順利進行。對於文字創作者來說，創意是珍貴的資產，但改寫工作就像化妝師，被要求照著一張照片化妝，不能一模一樣，又不能不一樣，一些作者告訴我，他們在撰寫這系列的書時，常常因為想寫的和原著不太一樣而卡住，三民書局的編輯也常常要幫著作者把寫作節奏拉回來，好幾本書稿都是初稿完成後，又大幅刪修，甚至全部重寫。辛苦的代價便是呈現在讀者面前的這套書——文字流暢、故事生動，既有原典的精華，又有作者的創意調拌，加上全彩印刷、配圖精美。這是我為我的孩子選擇的一套書，作為他們告別青春期的最佳禮物，希望能和天下的學子、家長們分享，也期待這套「大部頭的套書」，經過作家們巧妙的改寫、賦予新生命後，保留了經典的精神，又比文言白話交雜的原典更加容易親近，讓喜歡聽故事、讀故事的孩子，長大後也能說故事、寫故事，於是中國經典文學的精華就能這麼一代一代傳誦下去。

林黛嫚

三門街，這麼一個書名當初在書目清單之中輕易的躍入我的眼中。

或許是因為這簡短的三個字便已構築出一個清晰的畫面了吧。

我們沿著路走，天氣晴朗，踏在一條鋪著大塊灰石地板的中國傳統官巷上，路旁牆頭上爬出疏疏密密的葉木。在我的想像裡沒有花，但有清香。在柔風吹拂之下，也隨著我前進的步伐，陽光的劍芒穿透了葉縫，一陣一陣錯落閃耀。

我們都以為光芒被樹葉遮擋時，我們見著的是樹影的黑暗，而光灑落時是一片光亮。其實若我們抬頭直對豔陽以目光，卻是刺眼至什麼都瞧不著的，甚至得閉上眼。當有片葉遮掩，我們在葉背無光之黑的對比下，才清楚得見光的分布。而在左右搖擺之時，我們才會在某個正好的角度，看到數道劍芒，那是光的軌跡。

再往前走，有三扇大門，三合院般那樣包裹住路的盡頭。一條沒有其他人家的純淨道路，像是舞臺緩緩升起突現出了主角，路後有三。是為三門街。

或許是因為三這個數字多麼神奇。

三個點才能構成一個面，三維度的空間才見立體。於是「一街三門，忠奸夾雜」一句簡單道盡小說內容的描述，便呈現了一個立體的圖像。

我的腦海中頓時便浮現了一大問題：忠與奸是二元的對立，若有兩門分別代表忠與奸，那第三門會是什麼呢？有人會是又忠又奸的嗎？

其實真正的一個人多半忠奸夾雜。有時凜凜然疾呼正義，也有時想順從自己內心邪惡的渴望。更有時，為了達到正確的目標不計手段，

或用了正確的方法卻造成了莫大的危害。其實人的內心多麼複雜。

在我接下這次改編三門街的任務，並閱讀完原著之後，便想著其實世界並不如原著之中那樣正邪分明，也慨嘆原著浪費了「三門街」這麼一個好題目，還有「一街三門，忠奸夾雜」的絕妙隱題。當然這是我一開始便對這個題目有著過多的憑空想像，還有因時代不同，在文學上所追求的有所差異而致。

於是我極想在小說之中模糊原始忠奸的平面分野，去盡力呈現一個真實而複雜的世界，因為我們真的難以評斷一個真實的人是忠或奸。而想得到答案，不僅僅是要問「是什麼」，更重要的在於問「為什麼」。

第一個問題便是，原著小說之中的奸相史洪基為什麼想弒君叛國？

他可能真的是追求更大的權力，而使用了奸詐的手段。那麼他為什麼要汲汲營營的追求著權力？不同於原著，我在這邊賦予了他一個為民著想的使命感，給予了他一個積極正面的目的，為了達成他內心所追求的美好世界，過程是可以被犧牲的。這是哲學在評斷道德倫理時的目的論主張，同時亦是史洪基的複雜之處，即便可能矛盾，但他很清楚他的目的。

相對而言，李廣便相對單純，有點傻傻的追求著所謂「忠」——愚忠。其實李廣並沒想過他盡忠的可能後果，也不真正了解自己為何而忠，在他的世界裡，將忠君、忠國、忠民輕易的劃上等號。這則是哲學在討論倫理上的義務論。這麼樣的一個人，若得遇明君也沒什麼不好，君、國、民便能符合他內心想法，在目的上等同。只是若是遭遇一個並不為國為民的君王時，最後他對君與國、民的忠

勢必會起衝突。

這樣的兩個人在小說中多次交鋒，正是兩種截然不同的「忠」的彼此激盪。

另一個對照組則是楚雲與桑黛，楚雲非常清楚她為何要女扮男裝；而桑黛卻如同李廣，傻氣而渾渾噩噩的，要扮女裝是吧？喔！那就扮吧。

或許是傻人有傻福吧，在故事之中李廣最終平步青雲，愚忠而成了大將軍，而史洪基為民但奪權失敗而死。

來猜猜若這是真實的事件，也假設我們都不知道他們內心的意圖，歷史上會給予他們這兩種人什麼樣的評斷？成王敗寇。不知為何而忠的李廣是忠心耿耿的大將軍，而為民著想的史洪基則是個意圖謀反的奸相。

不覺得這樣似乎不太公平嗎？另一個類似的例子，三國演義的劉備與曹操。

我只是很好奇，在這本小說的延伸世界裡，當年還年輕的史洪基會是什麼樣子？會不會也像李廣一樣，傻氣的想藉由一支筆考上狀元盡忠報國？而在朝為官的李廣，在好多好多年以後，會不會也像振天雷一樣協助另一位有志的宰相謀反？

人一生變化真的好複雜。到底什麼是忠？什麼又是奸？

然後我們再一起重新回過頭來看「一街三門，忠奸夾雜」這句話吧。

最後，要鄭重感謝三民編輯部，這一路來大度包容我這位拖稿又難搞的作者，那一定是件煞費苦心的苦差事。

三門街

目 次

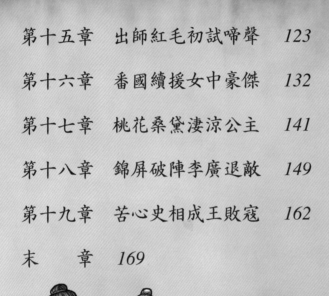

一街三門忠奸夾雜

三門街，原著全書共計一百二十回，四十萬餘字，作者佚名。

目前已知三門街最早版本出現在清代，但除了坊間的印本外，幾乎不見其他的刻本。此次的編案，以三民書局於 2007 年所出版、嚴文儒所校注之中國古典名著三門街為本，而嚴文儒所據底本乃是清代的坊刻本。

故事的時代背景雖是被安排在明代中葉武宗時期，但據學者考察，書中不但多避清諱，更有不少清代才有的典章制度。在在說明原著作者當是熟悉清代的官場生活，當是清代人士。

綜合以上兩點，我們可推敲三門街一書是成書於清代，當無可疑。

在這麼一本三門街之中，我們可以輕易的瞧見其在故事情節或者是人物形象方面借鏡其他古典名著的明顯痕跡，尤其水滸傳一百零八條好漢的江湖俠義、封神演義中水火五行的神奇兵法、隋唐演義般開創新國的英雄奮鬥史話，甚至或許還有些紅樓夢般的官場姻緣。

於是三門街宛若一集結各種類型小說的大雜燴。因其並無特別的獨創之處，在藝術成就、甚至對後世小說創作的影響上自然不足以使它列名於明清著名小說。但其生動有趣的故事劇情，卻不失為一閱讀中國古典名著的良好入門，更可如前段所述，在其中初窺章回體中各種類型小說的模樣。

雖然三門街原著在中心思想與劇情推衍上不能免俗於中國傳統社會之中的封建禮教，傳達了男兒建功立業、三妻四妾，女兒三從四德、從一而終的德目。但有趣的是，在女扮男裝而至功成名就的楚雲此一角色上，我們卻能明顯見著封建社會下官場對於女性的

貶抑，或許是為作者對於封建社會男尊女卑的一大諷刺。另外，三門街原著之中有著比其他傳統小說更多的英雌角色，甚至還有女性山寨主主動逼婚的情節，似乎隱約可見女性主義的萌芽。

　　小說的故事從杭州三門街上的三戶官家（兵部尚書李府、吏部天官徐府和左丞相史府）開展，主要描述主角李府之子李廣與變裝易容的女英雄楚雲，聚集了一批忠君愛國的江湖義士，懲奸除惡保衛國家的精彩過程，還有李廣與楚雲以及眾多英雄之間的愛情故事。

　　這麼一條忠良與奸邪之間生死搏鬥的故事主線，正是浪漫主義小說中的經典題材。正義的英雄如何巧遇智士能人、合力扳倒邪惡的大怪獸或已然腐敗的權力機器，在過程之中逐漸名利雙收並得獲美人歸，自然是大大滿足了聽眾讀者對於自身投射的幻想。只是在類似的故事之中有一通病，便是正與邪、忠與奸宛若被一條清清楚楚的分際線一分為二，而主角是正義，敵人便是邪惡。正邪或是忠奸之別都變得非常平面。

　　這樣的議題在當今思想進步的社會之中，我們已不能輕易滿足，當有更進一步的解析。

　　於是在此次的新改編案中，從「一街三門，忠奸夾雜」的中心概念出發，在原始的故事框架之中，緊抓忠奸之別的主題，重新做了新的詮釋。

　　不再簡易的將忠與奸平板的烙印在人物身上，而是將「夾雜」的概念落實在每個人的內心。

　　首要的問題便是：什麼是忠？什麼又是奸？

　　或許忠奸之別得視對象而定：為國為民的忠臣不一定會忠心於自己的主君，盡忠的臣子亦有可能做出危害社稷的決定。忠奸亦是

手段之別，正直的還是狡猾的做法。忠奸的問題也是有可能起源於社會身分的認同，若能認同一社會價值而努力實踐，或許可說是忠於社會的框架，反之則奸。

於是，在改編過後的新版三門街之中，原著之中的奸相<u>史洪基</u>，變成了一忠於人民為民著想而欲重新建立新政治制度的理想者，只是其手段奸詐狡猾甚至弒君叛國如此激進。而<u>李廣</u>則是一名愚忠代表，莫名忠於父親遺訓、忠於不知所以的天命、忠於一虛幻的在帝位之人；在另一層面，他又是一非常忠於兄弟情感，卻會使奸詐手段以求人心之人。再說<u>楚雲</u>，她沒有這麼大至家國的忠奸論述，卻在男女性別上有著對社會價值反動以及內心認同的問題，並不忠於自己的性別，以扮作男裝作身分遊戲，顛覆社會傳統框架。

至此，可以發現忠奸之辨又帶出了另一大主題：男女對於自己性別在內在認同與外在框架上的困境。這不僅僅是生理或心理上的認同，亦是社會學之中女性主義所極欲批判的問題。

同樣的問題不僅僅是發生在女扮男裝的<u>楚雲</u>身上，小說之中有另一位常男扮女裝的<u>桑黛</u>是為對照，可窺其一男一女在身分間遊戲時所得所失。

另外，除了在中心思想上的新詮釋，新版三門街改編受限於篇幅差異，無法塞進四十餘萬字原著中的眾多角色，又為顧及新版故事情節與精神傳達的完整，故在改編中力求主角人物的立體鮮明，以及精省刪減過多的人物兩大目標下，以致不少情節與原著有所出入，還望讀者見諒。以下將較大的異動之處一一列明：

第二章　　史錦屏取代原著之中史太夫人，直接化解李廣與史
　　　　　達之間的紛爭。

第三章　　廣明比原著更附加貪好美食之個性。

第四章　　原著之中無楚雲親下廚的橋段。

第八章　　原著之中並無張穀與桑黛裝鬼查案的過程。劫救范
　　　　　丞相原是駱熙、木林二位英雄所為（新版中已刪除
　　　　　此二人）。

第十二章　除招英館一行人救駕任務有所異動外，河南行宮救
　　　　　駕之後，原無史洪基、振天雷假意護衛皇上往王府
　　　　　實為劫駕之情節，亦無後續李廣、楚雲第二次趕往
　　　　　救駕之事。

第十三章　原著中白豔紅實封為將軍。

第十四章　原著中並無老夫人求助李廣尋人情節。關於楚雲身
　　　　　世另有大段因雲璧人、玉清王（新版中已刪除二人）
　　　　　而起的因緣。

第十五章　戰事之中對眾英雄的任務重新分派。原著之中布混
　　　　　元一氣陣者原是紅毛國軍師非非道人（新版中已刪
　　　　　除），此角色由紅毛國狼主米花清兼任。

第十九章　原著並無振天雷與李廣、楚雲交手情節，原著裡振
　　　　　天雷在河南戰事之中便已斃命。原著中並無史錦
　　　　　屏、史洪基與眾人齊聚高臺等相關情節。

　　　又，在新版三門街改編故事的結局之後，原著尚有
　　　　二十餘回的篇幅，盡是描述楚雲被識破男裝以及
　　　　其與李廣之間的後續發展，甚至還有官場上親
　　　　王欲搶親情節、還有一眾招英館英雄婚姻匹配的故
　　　　事。俱因篇幅以及新編案的小說主旨選擇而刪減。

因此無法讓各位在此新版三門街小說之中得見原著之中似紅樓夢般的姻緣羅曼史部分，在此深感愧歉，但望讀者能在錯綜複雜的政治與江湖鬥爭故事之中享受到角色間衝突的價值觀，那「忠奸夾雜」的三門街。

寫書的人

余知奇

畢業於臺灣大學哲學系，在時下文藝青年流行的夢幻「產業」——咖啡館裡工作良久。大概是念哲學念壞了腦子，喜歡衝突與矛盾。譬如一面焦慮看不到咖啡館的未來卻又讓自己相信一定可以走出什麼來；譬如覺得念哲學常會把人搞成憂鬱的蘇格拉底，可是又覺得哲學教育實在太重要。喜歡置身衝突的漩渦又欲追求心靈寧靜，本身就是一種矛盾。這麼一說，好像還有點受虐的傾向。

三門街

　　話說<u>大明</u><u>正德</u>年間，<u>武宗</u>昏庸無道、貪圖逸樂，寵信宦官<u>劉瑾</u>，無心國政。當朝左右兩大丞相<u>史洪基</u>與<u>范其鸞</u>又因作風不合，導致朝中派系林立、各理朝政，彼此干戈相向，相互內鬥，亂象紛陳。

　　在夜深的<u>龍門客棧</u>裡，有若幽火的紅燈籠下，有那麼一位男子獨飲一盅酒，狀似苦悶，又有一位店小二百無聊賴上前技巧的問候。男子自然而然講出心中的煩悶，好心的店小二試圖提出有所幫助的意見。

　　也許是為了回應那揪心敢問的店小二、也許只是為了吐苦水自言自語，那男子連乾三大碗酒，大聲說：「俺沒有多麼悲慘，俺只是個衰蛋。都怪俺老子跟錯人，都怪那奸賊閹官<u>劉瑾</u>。俺老子一個總兵，原本忠心耿耿為朝廷做事，卻只因那奸賊捅了紕漏，找俺老子背黑鍋，好端端卻得了一個造反的罪名，斬首問罪、抄沒家產。俺帶著母親、妹妹連夜逃出，想歸鄉里，

怎知路途尚遙，旅費已盡，母親卻又受風霜染病，如今哪來錢財請醫生看治？連住貴店多日的房錢、飯錢都付不出來……」

　　類似的故事聽多了，最後一句直說得原本毫無反應的店小二臉瞬間垮了下來，低聲碎念：「那你還叫酒喝……」幸好多年養成的習慣，見眼前這位客人長得虎背熊腰，一副江湖人士的樣貌，還是趕忙堆上了笑容，腦中不斷思索能兩全的方法。

　　「這位英雄用不著煩悶，不然這樣，令母就暫居小店養病，你可安心外出籌錢。」說著更附耳說：「小店位居杭州，正好二里外有條三門街，街上因為有三戶官宦人家而得名。其中一戶為兵部尚書的宅邸李府，尚書的兒子李廣慷慨好施、扶危濟困，人稱賽孟嘗。英雄可將令妹帶往暫且質押，請他接濟銀錢。如此既有了醫藥費又籌得返鄉旅費，一舉兩得。」

　　「什麼餿主意！這豈不是叫俺變賣妹妹，俺雖落魄卻也還是官宦子弟，怎能做此無恥之事？再胡說八道，別怪俺拳下不留情了！」

　　「哥哥不必發怒，不要誤怪店主人一片好心。」男子的妹妹從轉角含羞走出，接著說：「事到如今，與其坐以待斃，不如碰個機會。那李英雄果真如此，必

然不計代價，慷慨解囊，我也不過是陪哥哥走一趟罷了。若那李廣名不副實，古來孝子賣身葬父，妹妹我雖然是女孩子家，也有不讓鬚眉之志，為救母縱使賣身，也謀得孝字千古流傳呀。況且，如今我們這般白吃白喝，店家百般容忍，不試試辦法怎麼好意思？」

「哎呀，這位姑娘真是明理。」

「再出聲俺打死你！」那男子惡狠狠的瞪著店小二，高高舉起拳頭。

「哎唷！各位客官評評理呀！」店小二一邊喊一邊飛也似的溜走了。

第一章　有清有濁一街三門

三門街上，三扇朱紅色大門巍巍並立，除了那高牆上隱隱冒出頭的樹葉於風襲來時聲響娑娑，也就只幾聲鳥叫蟲鳴，再無其他人聲。與其說清幽，還不如說是重門深鎖。

細聽之下，三家鳥鳴聲似有不同：東邊一家中氣渾厚，清亮如金笛；中間一家細緻婉轉，溫潤若玉簫；西邊一家陰鬱低沉，則似低音簧管。

原來東邊一家正是兵部尚書武狀元李府，李公早已去世，公子便是那人稱賽孟嘗的李廣；中間那戶是吏部天官徐府，徐公如李公一般早逝，留有兩位公子，長子徐文炳、次子徐文亮，二人與李廣自幼一起長大，情同手足；而西邊則是當朝左相文狀元史洪基的住宅。史洪基在朝為官，長期在外，家中有一對兒女，女兒史錦屏，生來貌美無匹，更教養得文武雙全；公子單名逵，性情卻與妹妹大不相同，倚仗父親權勢，胡作非為，頗有紈袴氣息。

　　客棧裡那對走投無路的兄妹一同來到了<u>三門街</u>上，看見眼前三扇並立的大門，東邊區額上寫著「狀元府」、西側也是「狀元府」，哪裡知道文狀元、武狀元的分別，一下不知何處才是<u>李</u>善人的宅邸。

　　這時，迎面走來一位翩翩公子，只見他衣著華麗光鮮，面目清秀，要往西邊那家走去，那男子想著：「怎麼今日時來運轉，莫非這位便是傳說中的<u>李廣李</u>大善人？」心中雀躍便上前詢問：「這位公子可是<u>李廣</u>大人？」

　　事實上，他是<u>史</u>家大公子<u>史達</u>。

　　<u>史達</u>正想否認，一眼瞥見跟著男子前來的女子相貌不凡，雖然塵土蔽面但有璞玉光澤，若細細琢磨必成一代佳人。立即念頭一轉，不否認也不承認，回答：「閣下有什麼事嗎？」

　　男子不疑有他說明來歷，原來他姓<u>洪</u>名<u>錦</u>。並將帶著妹妹前來求助的前因後果全盤托出。

　　<u>史達</u>一聽心中大喜，腦海裡頓生一計，如此美女將得來全不費工夫，「你運氣好，在下正是<u>李廣</u>。借助銀兩是舉手小事，但錢銀也不好平白借人。不然這樣，在你母親養病的期間，就讓令妹在我這裡幫傭幾日。」

　　「是個好主意。」

於是兄妹兩人便隨史逵入了史府，洪錦留下妹妹、取了銀兩，連聲道謝過後，急忙出了史府要找醫生醫治母親。只是當他走出大門，聽見背後厚重門扇闔上的巨響時，不知為何隱隱覺得怪異，一回頭只見兩扇門板佇立，森靜朱紅，心中不安的感覺立即如排山倒海襲來。輕叩了幾下門上的綠油獸面錫環，卻好久都沒有回應。心裡不安，越敲越急，卻還是無人應門。

　　洪錦知道受騙，想到自己害了妹妹，一時腳腿拳掌碰碰碰全打在那朱門之上，還破口大罵：「李廣你這個畜生！快將俺妹妹完好送回，否則休怪俺的拳頭無情，打得你下輩子不是人。老子聽你李廣是個英雄人物，沒想到竟幹這種強搶良家婦女的事！真是目無王法，禽獸不如！」一氣之下，手中一袋銅錢都擲在門上，灑落地板的黃銅幣叮叮噹噹，真的是漫天花雨。叫罵聲與銅幣散落聲吸引了不少圍觀的群眾，卻沒有一個人上前告訴他是錯投了史府。

　　忽然一人高聲說：「視錢財如糞土，是個人物。」

　　人群散往兩旁，三匹駿馬躂躂開道走來，後頭兩人是一般富家文士打扮，一個標準書生模樣，另一個則有靈氣飄逸。說話的是領頭那一個，從身上服飾、壯碩的體格與臉上雜亂的落腮鬍看來，卻都如江湖人

士一般。這組合與順序真是說不上的詭異。

「李廣是哪裡招惹閣下，竟令你氣憤到連錢財都不要了？」那領頭的問。

洪錦於是將剛才的話又罵了一遍。只是說到畜生、禽獸之類的詞語時，語氣又更重了。話還未說完，那標準書生模樣的文士插了話問：「這位好漢，剛剛的事情可是發生在這門裡嗎？」

「沒錯，你沒看他李廣還緊閉著門，像個龜孫子一般躲在裡面？」

說完，只見那兩位富家文士都笑開來。

這時領頭的那個人下了馬，向洪錦抱拳說：「這位兄弟誤會了，小弟正是李廣。這個門裡卻是當朝左相史洪基的宅邸。這史家公子平日確實是常仗著他父親的權勢作威作福，想必幹出這等好事的，必是史達了，只怪你誤投史門。不過，這位兄弟也不必著急，今日

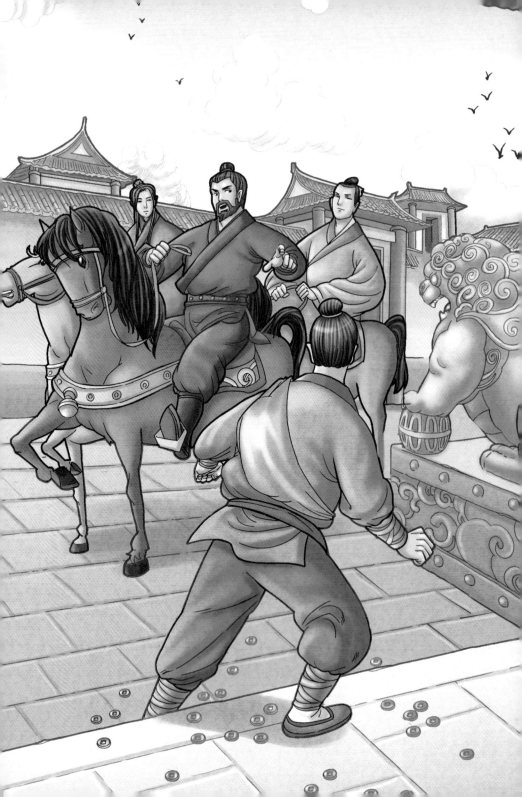

小弟見此不公不義之事，必定相助。」

此時兩位富家文士也跳下馬來向洪錦通名道姓，原來這兩位便是三門街上徐宅的兩位公子。書生模樣那位是大公子徐文炳，靈氣飄逸的則是二公子徐文亮。

「你真的不用擔心。如今就算不為你抱不平，此事也關係他的名聲，他沒個了結是不可能罷手的。」徐文炳比比李廣，笑著說。

李廣聽徐文炳如此玩笑，一時拉不下臉回話，只好立即向門內高喊：「東鄰李家李廣特來拜訪，快開門！」

不一會兒只見大門打開，裡頭一位家奴說：「李少爺，我家少爺有請。」

李廣便對洪錦說：「要隨小弟一起進去嗎？」

「這還用說！」

同時徐文亮一手扯住李廣：「大哥不要粗心，今天此門是進不得的。史逵奸計很多，怎麼能自投羅網？不如從長計議。」

「二弟別怕。不要說他一個史逵，縱使千軍萬馬又有什麼好怕的？」李廣說著，便領著洪錦進門。

才一走進門，史家家奴便將大門緊閉。只看得徐氏兄弟心驚膽跳的說：「豈有此理，大白天的就關門打

人，如此不知禮教，可惡之極！可惡之極！」

李廣二人到了史家廳內，李廣一看四方，已知動靜，冷笑一聲心中暗暗說：「果然不出文亮所料。」

一念未完，屏風、門後閃出多名打手，當頭兩個一左一右、一中拳一掃腿的狠狠朝李廣襲來，李廣微笑，往左側移了一步退開掃腿，右手早往那中拳的手腕抓去，身體再讓、帶著對手一拉一推，就見那人正好跌摔在出腿的人身上。

李廣回頭一望，只見洪錦一拳結實打在另外一位打手胸前，發出悶沉的聲響。見此情景，李廣嘴角微揚，大喊：「還要打嗎？」聲如洪鐘。

其餘打手聽見李廣聲勢驚人，心裡有些退縮，但聽領頭的氣急敗壞的直叫嚷著：「我們人這麼多怕什麼，一起上啊！」打手們只好蜂擁而上。

見人數眾多，李廣也不再輕心，一時之間拳掌腳腿交織成漫天花雨的大亂鬥。李廣與洪錦兩人一個猛虎歸山、一個狂龍出海，一般的花拳繡腿哪裡是兩人紮實工夫的對手，拳拳到肉的俐落手腳，打得史家打手東倒西歪、南奔北竄。

不一會兒工夫，大廳之上除李廣二人之外，其餘人等早趴的趴、倒的倒，在地上哭天喊地，還有死要

面子的抱著肚子哎唷哎唷咒罵著:「你們打得哪有今天早上吃壞的肚子疼哪……」聽得李廣二人忍不住相視而笑。

「有請史公子!」笑完,李廣又喊。

只見史逵從門外走進來,不但沒有歉意、懼意,還翩翩的搖著扇子說:「兩位還真是好身手,原諒小弟是文明人,沒有辦法與兩位切磋。只是,打得這裡橫躺豎臥、廳上名貴的家具擺飾也都被你們打壞了,這下兩位倒是煩惱煩惱怎麼賠償才好?」史逵停了一會兒,「還是要報官?」

洪錦聽完急說:「豈有此理,還不是你這賊人找人先動手?」

「是,這些人是我請的,專門對付些惹是生非的小賊。當朝左丞相的宅邸是給你們亂闖的啊?」

李廣聽完才知中計,剛才的一群打手毫不做聲便打,原來只是一計請君入甕。一旁洪錦早已怒不可遏,舉起拳頭便要繼續硬幹,卻被李廣伸手攔下。

「怎麼?我就知道你這種粗人只會動手,野蠻!粗俗!整天打打打,學學人家李兄多麼懂事。」

「史逵,你家中毀損一概由我負責賠償。快放了他妹子,我就不跟你計較冒名之事。」

「放人？開什麼玩笑？我花錢是為了拯救一個女子，人家本是仙女，與粗人共處才被埋沒。好不容易她有機會脫離這渾濁的世界，李廣你也是有心救世之人，我的想法你懂的。」史逵振振有詞，自成歪理。

洪錦衝動，哪聽得下這般言辭，又見李廣猶疑，戒心頓起，質疑的眼神直瞪李廣，那是「原來你們是同類？我錯信你了」的眼神。

「要我放人也行，但我堂堂史丞相之子，怎能聽你指使！李廣你是官家之人，該懂規矩吧？」史逵繼續說著，那是官場利益交換的意思。今日史逵賣他人情，他日李廣就當回報。

「俺老子原本是個總兵，就是被你這種奸人所陷害。正好今日俺救妹妹、報父仇一次解決，俺非打得你求饒不可！」洪錦再度大喊，推開李廣舉起拳頭就要上前。

電光石火之間，李廣已有打算。他讓往一旁，放任洪錦怒氣衝衝的火熱拳頭。

「對不起，我爹是兵部尚書，原本也是個武人。比起規矩，我更懂道義。」

第二章　天命武曲降妖得甲

「放肆！」

眼看洪錦砂鍋大的拳頭就要打在史逵弱不禁風的身軀上，忽然聽到一聲清亮女聲嚇阻。

接著一個白影飛竄而至，攔在史逵之前，一舉手已將洪錦的拳頭帶往一旁，兩袖一翻將他的拳勢、衝勁全卸得乾淨，穩穩站定。在旁觀看的李廣也不禁暗讚一聲好，接著抱拳作揖高聲說：「不愧是史家妹子，功夫益加純熟了。」

原來那一身清白素衣裝扮的，正是史家小姐史錦屏，她稍稍向李廣回禮後，不慍不火的說：「雖然家兄有錯在先，但兩位也不必動手打人。咱們史家什麼身分，豈容人欺侮？」說完身後人影幢幢，只見幾位配劍婢女掀簾而出，後頭跟著的便是洪錦的妹妹，她的神情十分堅毅，絲毫不見委屈的感覺。

史逵與洪錦同聲大喊：「妹！」卻各有不同心情。

「還敢胡鬧！爹的臉都給你丟光了！」史錦屏氣

憤的說，說完轉向李廣、洪錦二人鞠躬：「小妹代表史家向兩位致歉。如今兩位目的已經達成，請還史府一個寧靜，請回吧。」

史錦屏語氣堅定，李廣心下暗自佩服她大事化小小事化無的處理手法，不卑不亢、剛柔並濟，不愧大家風範，深覺事情如此落幕也是圓滿，便順勢下了史錦屏搭起的臺階，領著洪錦兄妹踏出史府的朱紅大門。

只見徐氏兩兄弟還在門外，人群卻已散得差不多了。徐文亮搶著上前慰問，徐文炳則依然在那來回踱步，嘴裡不停可惡之極、可惡之極的碎念。李廣覺得好笑，笑著呼喊：「事情都結束啦，罵夠了沒呀？先去我家喝杯酒再繼續吧！」

「好。」說完，眾人一同牽著馬匹，前往李府。

來到同樣朱紅色的大門前，洪錦兄妹不知為何，忽然覺得眼前此門看來如此明亮可親。在如金笛的鳥鳴聲中，李廣邀兩人進門，並提議：「不如去接伯母來我這養病。我見洪兄弟也是名好漢，頗是欣賞。家中空房甚多，不如我幫你安排一份工作，你們就此住下吧。」

洪錦卻推辭：「感謝李兄一片好心，李英雄果然名副其實，小弟相見恨晚。但不勞煩李兄，待俺自個安

好身家，他日必定再尋機會與李兄、二徐兄弟同杯共飲。今日就此告別，還望三位多多包涵。」

「也好。」李廣吩咐下人取來錢銀：「這些銀兩你帶著，養病與返鄉之用，應綽綽有餘。」

眾人抱拳的抱拳、作揖的作揖，互相道別。

「下次來，可別再投錯門。」徐文炳微笑補充。

幾天之後，史逵差人前來，說是為冒名一事賠罪，特地安排了日子在西湖旁一座景觀非常好、名為伏魔庵的寺廟擺宴，邀請李廣等人前去一同飲酒作樂。

李廣與徐家二兄弟受到邀請後，頓起疑惑，李廣說：「這可奇怪，我與史逵素無來往，人說不打不相識，莫非那日那般胡攪，攪出交情來不成？」

徐文炳說：「或許史逵自知愧悔，痛改前非，如此邀約頗似官場禮尚往來，倒不好意思拒絕他的邀請。」

徐文亮也表達意見：「史逵作風不像史錦屏，向來無此等智慧。莫非懷恨在心，假借謝罪之名大擺鴻門宴＊？」

李廣思量著，不一會下了結論：「不論他有何算計，正面回應才是李家風範，實不應以小人之心，度君子之腹＊。況且兵來將擋，見招拆招，小心便是。」囑咐下人這樣回應：「李廣一定奉陪，準時赴約！」

徐文炳苦笑著，內心盤算：「李大哥就這般火裡來、水裡去的個性。唉，我與文亮跟著就是了。」

時間一下來到了約定的日子，李廣三人騎馬直往西湖而去。到了西湖果見湖光山色，三人見時候尚早，於是先沿湖漫步，走走看看了一會兒，不禁讚嘆人工與自然的相互輝映。這才抵達伏魔庵與史達相會。

眾人互相寒暄了一番後，只見伏魔庵內又是完全不同的景致。因庵前有一片竹林，築起一道竹牆將寺庵環環圍繞，更顯幽雅僻靜，但從其稀疏錯落的縫隙中望出，西湖的風景便又化成一幅幅栩栩如生的山水畫，同中也有些許微妙的差異。

史達宴席擺妥，大家分賓主入座，正值太陽西下，襯著雷峰塔，真是美景當前，不禁驚嘆連連，紛紛舉杯，喝得非常痛快。

在這歡愉時刻，只見史達假惺惺的說：「那日小弟

＊鴻門宴：秦末時，項羽於「鴻門」一處設局宴請其最大敵手劉邦。鴻門宴一詞在後世被用作比喻「不懷好意的筵席」。

＊以小人之心，度君子之腹：比喻用小人狹猛的心理去猜想君子光明磊落的心地。

無知，貪戀美色而假冒大名，更聚眾行凶。本日特地在此美景之下準備了佳餚美酒，負荊請罪，還望李兄大度包容，既往不咎。小弟先乾三杯！」

李廣見他態度懇切，便趕著說：「史兄在此時談這事兒，豈不大煞風景？人非聖賢孰能無錯，知過而改，小弟非常欽佩。我也還敬你三杯，就讓我們前嫌盡釋，前事就不要再提了。」

於是在舉杯暢飲中，夜幕悄然升起，湖邊燈火點點，這時大家已有八分醉意，話題不知何時也開始提及一些鬼怪神通，史達提到：「傳言伏魔庵後有一座玉皇閣，閣上有個妖怪，每到半夜便出來吃人，而且非常屬害，歷任住持曾請來許多法師都捉他不住。如今庵內和尚都不敢在半夜出來，個個緊閉門窗等待天明。」

徐文亮雖有醉意卻依然清醒，提議：「既然如此，我們還是早點走為妙？」

不知是不是酒精的關係，李廣興奮道：「有我在這裡，即便真有妖魔又有什麼好怕的？來，再喝！」

史達接著說：「李兄，千萬不可小看，若有鬼怪豈

是我們凡人可敵？」

「這是哪兒話？你們害怕便先回去。我李廣是兵部尚書之子，這小小妖孽能把我怎麼樣？你們等著看我今夜獨自捉妖去，若不將妖怪捉回，誓不回城！」說完，李廣便提著寶劍與酒壺，搖搖晃晃的往玉皇閣走去。

玉皇閣雖是近在伏魔庵後，但才轉個彎，景色便完全不同。月光似乎完全照不進閣內周圍，一片黝黑的竹林，窸窸窣窣的響著，早把文炳文亮等人的人聲全隔絕在另一個世界裡。

李廣一人踏大步的走進玉皇閣，心想那些鬼怪傳說全是胡說八道，只要在此地度過一夜，謠言便會不攻自破。隨意找了塊地方，散髮仗劍而坐，一口一口啜著酒。隨著時間慢慢流逝，他也朦朧睡去。大約是三更＊的時候，李廣手中的空酒壺摔落，發出巨響，他從夢中驚醒，發現四周陰風陣陣，只有月光透窗而入，照出一小塊潔淨之地，其餘黯黑之處，盡是邪氣。真有些令人毛骨悚然。

隱約之中，李廣驚見有雙瞪大的紅眼注視著他，

＊三更：古代時制中的子時，指半夜十一點到隔天凌晨一點。

忽感一股殺氣，剎那間三點銳利的光芒如迅雷急襲而來，李廣趕忙滾身讓過，回身一看，發現一根鋼叉忽然停於半空之中，幾絲斷髮飄散。

急放急收，是高手。李廣急忙定神抽起寶劍迎戰，壯膽大喝：「什麼人在此裝神弄鬼？」說完，算好方位，一劍刺往黑暗之中。

只聽一金屬撞擊聲，一股無比力量反震過來，震得李廣虎口劇痛，寶劍鬆脫，人也往後跌坐在地。只一招，高下立判。

那雙紅眼又蓄勢待發，李廣苦無武器對抗，只得舉臂相擋：「真是妖孽？我要沒命了。」

危急之間，忽然一道紅光從李廣頭頂發散，嚇退那妖魔。李廣還在疑惑哪來古怪，忽見一個老翁站於窗下月光之中。

「武曲星君，老夫等你很久了。」

李廣雖仍驚魂未定，但見那老翁一身道家裝束，長鬚灰白，渾身仙家氣息，聲音平和，聽來好像微風輕拂，立刻心平氣和，抱拳道謝：「謝謝仙翁救命之恩。」

「不用謝了，實在因你不該命絕於此。你是武曲星下凡，剛才你頭頂湧現紅光，便是明證。這個妖怪是奉純陽祖師呂洞賓之命，在此鎮守武曲星的真龍鎧

三門街

甲，等待主人出現。如今正是時候。」

　　話未說完，只見那妖怪畢恭畢敬的將一包沉甸甸的包袱奉上。

　　「皇天在上，<u>太白金星</u>在此，武曲星<u>李廣</u>聽旨：你投胎下凡是為了保衛<u>大明</u>天下，守護天下之人。而你命中註定征戰沙場，今天獲得真龍鎧甲，一為身分宣示、二為他日得以保你一命。再送上<u>英雄錄</u>一卷，在裡面現出真貌的英雄豪傑，你要跟他們結為兄弟，他日同建奇功。富貴功名都在卷中，仙機不可洩漏，好自為之。還有<u>史</u>、<u>劉</u>二姓，人心思亂，時時心存奸計，當為你一生大害，不過也將成為你將來建功立業之機。切記、切記！」

　　「臣民<u>李廣</u>接旨。」<u>李廣</u>將包袱繫於背上，並接過<u>英雄錄</u>來收入袖中時，面前仙翁已飄然遠去。

　　<u>李廣</u>上前還想挽留，卻受妖物強力一推，跌暈了過去。

第三章 奇人結識湯包一籠

　　將近天亮的時候，李廣悠悠醒來，只見自己仍然是仗劍而坐，仔細想來剛才驚險詭異的情節，好似南柯一夢＊。但自個兒背上確實多了一個包袱，驚奇之際向自己袖裡一摸，那卷軸果然在其中。

　　莫非自己仍在夢中？夢中夢？不過一切又如此真切。

　　取出英雄錄來看，約五寸長短，裝飾精美，上面繪有許多人物圖像。開頭一個便是自己，第二個儒巾儒服，分明是徐文炳，並肩一人滿臉儒雅風流，正是徐文亮，詭異之處是他一個儒生卻作武人裝扮，「難道文亮日後還要棄文就武嗎？」李廣內心疑惑。

　　接著一個非常面熟，就是前些日子才結識的洪錦。這讓李廣非常歡喜，果真冥冥之中，自有天意？再看卷軸，後頭好多陌生臉孔都不認識，頗有水滸好漢一

＊南柯一夢：比喻人生如夢，富貴得失無常。

百零八個的感覺。想到自己未來將結識形形色色的英雄好漢，真是心花怒放。

這時天色已亮，李廣想起徐氏兄弟該不會又是一副腐儒模樣在外擔驚受怕，便趕忙收起卷軸藏在懷中，提著寶劍出閣來。

徐氏二人見李廣安然歸來，轉憂為喜的表情，全寫在臉上。而一旁史逵卻是由喜轉憂，雖仍強做鎮定，前來詢問，李廣卻已經明瞭此人邀宴激將的奸計。只是此時心情大好，不想計較，便開懷大笑說：「感謝史兄宴席，在下非常歡喜。史兄日後若打聽到何處有妖，還盼多舉薦兩次呀！」說完便跨上徐氏兄弟牽來的馬匹，一同回去，留下一臉錯愕的史逵。

此事過後，李廣閒居家中好幾天。母親忍不住苦口婆心，曉以大義的說：「兒子啊！你應當繼承父志報效國家，好光耀門楣啊。」一會兒又說：「你應當多多與官家子弟往來，為將來培養人脈。」李廣想，如今天下太平，武人無用武之地，又覺得與洪錦這種平民相處，比起史逵可是有趣得多，有志便會一同，何必違背本心硬去攀親附貴？只是不敢當面忤逆母親，只好藉口與徐家兄弟相約出遊，逃離母親的切切叮嚀，另一方面徐家也算權貴，可以堵母親之口。

於是，李廣與徐文炳、徐文亮一行三人一同前往揚州鎮江，一來遊覽江山美景，二來赴端午佳會，觀賞龍舟競渡。

端午節這一天，李廣一行人來到江邊一家酒樓，這酒樓金碧輝煌，算得上鎮江第一，只見當門一塊大大的金漆匾額，上書「江天一覽樓」五個大字，五層高樓在此確實獨攬眾景，名副其實。上樓之後只見高朋滿座，三人只好隨意揀了個座位，呼來店小二先上幾罈酒、幾籠茶點，還有幾道著名菜餚。

等到一上菜，滿滿一桌佳餚中，清燉蟹粉獅子頭、水晶餚肉、拆燴鰱魚頭、鍋蓋麵幾道淮揚菜做得是色香味俱全。

「今日能吃到美味非凡、人稱『麵鍋裡煮鍋蓋、香醋擺不壞、餚肉不當菜』的鎮江三怪，實在不虛此行！」一餐精緻酒肉下來，徐文炳不禁讚嘆。

李廣、徐文亮正要附和，只聽到隔桌一人已經搶先：「沒想到小兄弟還蠻懂吃。不過，吃便吃，忙著咬文嚼字，不多費精神好好吃

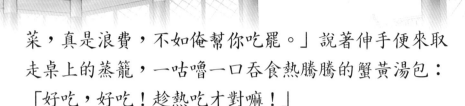

菜，真是浪費，不如俺幫你吃罷。」說著伸手便來取走桌上的蒸籠，一咕嚕一口吞食熱騰騰的蟹黃湯包：「好吃，好吃！趁熱吃才對嘛！」

　　徐文炳對那人的毫無禮數正要發怒，卻瞧見他是一個和尚，濃眉大目、黑口大鼻梁，身上一件老布僧衣，卻是滿桌大魚大肉，又見他一會兒添酒一會兒加菜的把店小二喊得異常忙碌，原來是個葷酒不忌的酒肉和尚呀。

　　和尚又接著說：「這位小兄弟，俺來教教你，江淮大菜中江天一覽樓算得一絕。不說其他，就從茶點所附薑絲的刀工可見細膩。現點現切，保留嫩薑的香氣、溫潤辛味、飽滿水氣，嘗來特別爽脆，搭上精挑細選的精釀鎮江香醋，真的是相得益彰。從這容易忽視的細節，更見一間餐館的獨到。」說完嚼了嚼大把薑絲，又是一口一個湯包佐香醋。

　　這一番言論，徐文炳三人聽得是津津有味，剛才所受的氣都消了大半。沒想到看來粗魯的和尚，也是個道道地地的美食家。

　　只是酒肉美食與和尚的兩種形象，十分衝突。

　　「沒看過和尚像你一樣如此愛好美食的。」徐文炳笑說。

三門街

「遠祖慧能說：明心見性。俺明瞭自個兒的心性，啥不會就是愛吃，也算是不違師訓了。」

「可是慧能法師也說要除去我們心中不善良的念頭、嫉妒心，還有自私、狂妄等等的惡習。怎麼又不見你遵守這種師訓？」說到禪經徐文炳也有一番見識，迫不及待便要切磋。

「俺心中無任何不善、嫉妒、傲慢等等之意，問心無愧。至於他人如何看待我的行為，隨他去吧！干我屁事？」

「但不遵禮教戒律，難道不是背叛師門？」李廣像是被此番對答打動，興致勃勃的問。

「禮教戒律是修行的過程，但只是身體奉行卻不了解其意涵，並不是修行的方法。若能了解這些禮教戒律所要我們真正達到的意義，那些外在形式都可拋。不思而愚蠢的奉行，才是愧對師門。」那和尚說完又乾了一大碗酒，瞪大那雙銅鈴般的精光大眼，氣勢驚人。

「好，好漢子，我對此言深有同感。在下杭州李廣，請問英雄大名？」

「原來是賽孟嘗李廣、李英雄，小弟有眼無珠還請見諒。在下法號廣明，人稱鐵頭和尚。希望投靠李

29

英雄已經很久了，怎知今日就在此巧遇！」

「能結識如此自由灑脫的『酒肉和尚』，才是李廣我三生有幸。來，乾！」

「等一下！」眾人正舉杯，卻聽見梁上有聲音傳來。抬頭一望卻空空無人，再看桌面，剛才討論熱烈的一籠蟹黃湯包，已不見蹤影。

「啐！是哪位好漢膽敢戲弄俺的湯包？有種的便出來見識見識！」廣明首先發難。抄起金剛杵，一杵重擊在桌上，不但驚得客人、店主紛紛側目，就連盤中鮮魚都活跳了起來。

「嘖！禿驢真是小氣，貪吃便貪吃，幹嘛發這麼大脾氣。湯包不就在這嗎？」眾人朝著聲音望去，又是不見蹤影，回頭一看，一籠湯包卻仍是好端端的在桌上。

見識過妖魔、太白金星的李廣，趕忙好聲好氣恭敬的說：「哪方神仙神通廣大，弟子見識了，別再捉弄咱們。還請現身賜教！」

「還是咱們李大哥懂禮數，不是粗魯禿驢可以比的。」梁上聲音再傳來，隨聲翻落下來一個人，非僧非道，腰間佩劍，笑嘻嘻的，看來不過十五、六歲，一臉淘氣卻是邪靈邪氣。

那人恭恭敬敬的單膝跪倒在<u>李廣</u>面前，原要發怒的<u>廣明</u>怎打得下手，一口悶氣硬是吞了下去。

「<u>李</u>大哥請不要驚嚇，在下是<u>東方老祖</u>的徒弟，姓<u>張</u>名<u>穀</u>，綽號<u>半支梅</u>，自幼隨師習得一些道術，今奉師父之命前來相助。剛才在梁上聽大家談了很久，<u>李</u>大哥果然是宰相肚裡能撐船的人物。希望大哥認做兄弟，我<u>張穀</u>必有相報。」

「<u>東方老祖</u>叫你來的？」見<u>張穀</u>如此恭敬，<u>李廣</u>輕咳兩聲相應。

「是。」

「見你本事不錯，想必修藝相當辛苦。這樣吧，戲弄<u>廣明</u>是你不對。你如果能跟這位<u>廣明</u>和尚道歉，以後便跟在我身邊吧。」

「咦？」<u>徐文炳</u>、<u>徐文亮</u>二人聽見<u>李廣</u>如此說，感到非常訝異。那太不像是他的作風。

「是！對不起，禿驢對不起！」後面的對不起簡直就是跟禿驢連在一起說的。

「你說禿驢對不起誰呀？」<u>廣明</u>大罵，提掌作勢

就要打。

「好了，好了，以後大家都是好兄弟了。來，喝酒！我先乾為敬。」李廣倒好酒，向眾人示意。

「明明湯包原本也不是你的⋯⋯」飲完酒後，張穀偷偷抱怨，惹得廣明一肚子氣追著他。

一旁徐文亮偷偷拉著李廣的衣袖小聲問：「東方老祖是哪位？」

「我也不知道。」

「耶？你剛剛不是一副跟他很熟的樣子？」

「那是我裝的。你沒看張穀那神出鬼沒的本事，你有本事跟他鬥嗎？哪天人頭都掉在地上，還傻呼呼的不知怎麼了，這種人當朋友總比做敵人好。而且張穀雖然畢恭畢敬的，但一臉邪氣，誰知道會搞出什麼把戲。裝作跟他師父很熟，壓壓他的氣焰，讓他心裡有個顧忌，叫他跟廣明道歉也是測試測試他，如此才不怕哪天騎到我們頭上來。」

「李大哥，你哪時這麼奸詐了？」

李廣笑而不答。

「愈來愈有個模樣了。」徐文炳見狀裝模作樣的摸摸沒有鬍鬚的下巴，露出滿意的笑容，調侃自己兄弟。

第四章　亭中桂花三生之幸

　　縱使是徐文炳、徐文亮也猜不到李廣真正的想法。雖然早明瞭他廣結四海的海派個性，但以往大多是淡淡的君子之交。真正像有領導氣質，想廣納賢才的狀況，卻是第一次，而且一連兩起。徐文炳讚賞之餘，也不免驚疑好友的轉變。

　　李廣初識廣明、張穀時，便覺得似曾在英雄錄之中見過，在見識了二人本事之後，更記起仙翁所說：面容現於卷軸之中的，結成兄弟。

　　李廣自認不凡，看似遊戲人間漂泊自由，但心中也早埋下成功立業願望的種子，奈何盛世太平，沒有用武之地。太白金星的話好像為他指出了一條康莊大道，使他心中種子萌芽，雀躍之際，自然深信不疑。

　　仙人奇遇之後不久，結識了二人，更加堅定了李廣對自己就是天上武曲星的信念，應當要結識更多英雄。不過，只怕太慢。

　　「這樣遊走，要怎麼結識天下英雄？」李廣不免

向好友徐文炳傾吐心事。

「以你賽孟嘗的盛名，與其一一前去求見，不如讓他們來見你。不妨在揚州設一座『招英館』，昭告天下，廣納各路英雄？」

「這招太棒了！」

主意拿定之後，幾天之內，李廣已派人在揚州彩衣巷內找到一所寬大的宅邸。又修築一棟攬客酒館，大門兩旁對聯一副：上聯「願天下英雄到此飛觴醉月」，下聯「舉人間豪傑來茲把袂論交」。更訂做了一塊黑漆大匾額高掛門上，上書「招英館」三個大金字。

李廣吩咐廣明雇來許多做得一手好菜的名廚與照應周到的小二，請徐文炳、徐文亮共同草擬一份文情並茂的文宣，交代張穀四處張貼散布、廣發消息。

一切安排妥當，只等好日子開張。

「大哥，不好了，傳言郡主史錦屏奉聖旨於揚州平山上擺設擂臺，廣攬英雄。這下各地英雄都會往那兒去了！」張穀在路上打聽到消息，慌張回報。

「這麼巧，不如我們一夥人也跟去晃晃，看個熱鬧。」李廣竟欣喜的這麼說。

「大哥怎麼能如此輕鬆？這下招英館恐怕沒英雄

上門了。」

「先別擔心，<u>平山</u>離此處不遠，各地英雄前去打
擂臺前後，一定要找地方休息。<u>錦屏</u>擺擂臺，豈不正
好是個大大招牌？到時就有得我們忙的，快通知<u>廣明</u>
準備準備。」

<u>李廣</u>絲毫不在意這些英雄是否為他而來，能認識
各種英雄才是本心，所以無論是<u>招英館</u>還是<u>平山</u>擂臺
都沒有差別。

何況他是天上武曲星，註定可以結識一班能人志
士。

於是他將大小事情囑咐管家後，便帶著<u>徐</u>氏兄弟、
<u>廣明</u>、<u>張穀</u>一同前往<u>平山</u>。

到了<u>平山</u>之後，沒料到擂臺尚未完工，只見許多
工人在那東敲西打，非常忙碌。他們在問清楚確切的
開賽日期後，便在<u>平山</u>各處遊覽。

來到山頂的<u>桂花亭</u>，只見四處桂木環繞，沒有其
他雜樹。

看到這種景致，<u>徐文炳</u>不禁高聲說：「桂子月中落，
天香雲外飄。真如<u>宋之問</u>在<u>靈隱寺</u>一詩中所說的。」

飄來的真是天香。

亭內有人正在觀賞亭外景色，一身瘦長，水藍絲

三門街

綢泛光，像是有一條涓流映在雲天之中。一雙烏靴粉底不沾塵土，密髮烏絲柔柔亮亮。小扇輕搖舉止優雅，背影風姿綽約，好像是一輪皎潔的明月，美景引人入勝。

眼中只有美食的廣明不受迷惑，驚疑大喊：「李大哥是看什麼看傻啦？」

李廣這才驚悟過來。

「喔，我在仔細觀賞桂花亭中桂花的奧妙。」

「亭外是很多，俺怎麼沒看到亭中哪裡來的桂花、桃花的？」廣明依然傻頭傻腦。

亭中人好像聽到人聲，轉身走來。李廣這才看見原來那人的腰間佩著一把寶劍，步伐健實，實在是個男性，剛才卻錯認成美女。不過他肌膚雪白，柳眉杏眼，尤其眼神如玉溫潤堅定，真是絕美、雌雄難辨。男子美得如此，真是三國的美周郎再世了。

那個人到李廣面前深深鞠了個躬：「請問你莫非就是杭州賽孟嘗、李廣李大哥嗎？」

「賤名不足掛齒。請問兄臺如何得知？」

「小弟楚雲，綽號武潘安。因久仰大名，天性又好廣交天下豪

傑。剛才你一走近，英敏氣概便自不同，我就有些疑惑，等到這位大和尚叫你的名字，我想應該沒有別人了，因此斗膽上前。這也算是三生有約了。」

李廣正想回話，忽然聽到身邊徐文亮一聲：「好一個三生有約呀！」

楚雲兩頰忽然漲紅，嬌羞得像一個女子。

看到楚雲的神情，李廣也不禁心神蕩漾，這種氣質風采，完全便是意中人了。可惜是一名男子。

李廣忽然問說：「一場奇遇，前頭有路嗎？」話藏玄機。

楚雲回答說：「前路危崖。」

李廣愣住了，這人的回答切切實實命中他心中對於未來的恐懼：眼看前途茫茫、阻礙重重，一不小心或許便落得粉身碎骨的下場，前路確實好像有危崖。

只是他浪蕩自由慣了，無法安於家中的無憂生活，總想闖一番事業。再看看身邊跟隨他的徐家兄弟、廣明與張穀。想想他們又是為何而跟隨呢？不就是因為他似乎能帶領大家走出個未來嗎？卻不知連他心中都覺得路前只是危崖。

想到這裡，李廣不禁再問：「既然如此，為什麼人人爭著前往危崖？」

「危崖有花，璀璨之極。」

　　李廣大笑，楚雲似乎為他描繪出了一幅未來的圖像。幾句機妙問答，李廣已知楚雲必定與他性情相投。

　　大家一同回到招英館，李廣為了迎接楚雲，要廣明囑咐廚師燒幾道特別的菜。楚雲自告奮勇，要親自下廚料理一道名菜回敬李廣等人。

　　等到楚雲親自上菜。

　　「這莫非是宋末武林與廚林的傳聞，黃蓉做給洪七公所嘗的那道『玉笛誰家聽落梅』嗎？傳說這道菜用上羊羔臀、小豬耳朵、小牛腰子、獐腿肉、兔肉五種食材，做工非常複雜。」徐文炳果然非常考究。

　　「是呀，文炳兄果然好見識！這五種食材皆有獨霸一方的美味，齊燴一堂更是譜出得以成為武林傳說的絕妙滋味。李兄、徐家二兄弟、廣明兄、張穀兄你們正好五人，也合力開創了人人稱許的招英館。今日小弟楚雲不才，謹以此菜聊表敬意，敬招英館開館五賢！」

「好！好吃！好菜！好廚藝！好楚雲！」大家頻頻下筷、紛紛舉杯，邊吃邊喝邊讚。

「小弟，老實說俺原本瞧你不起，大家不斷誇你貌美，但俺一個和尚不懂得欣賞，還有一名男子就算美貌，有什麼用？看你身形瘦弱，想來未必能舉長槍大戰，算得什麼英雄？不過看在你廚藝甚好，煮出一道連吃遍大江南北的俺都未曾嘗過的好滋味。俺服了你啦！」廣明細細嚼了幾口後，拍拍楚雲的肩膀說。

「還望廣明大哥多多指教！」楚雲笑容滿面的回話，手只是輕輕一伸，竟將廣明一個粗壯的莽和尚提至半空中。廣明想掙脫卻怎麼也掙不開：「這可不是鬧著玩的，就說俺服了你嘛！」

「鐵頭和尚這麼大一隻，雖不順手，但想必也是件殺傷力強的好兵器囉！」張穀也趁機調侃。

鬧得大家又驚又笑，心悅誠服。

宴席再開，楚雲不知是被廣明激到還是興之所至，話頭一開就是口若懸河。無論是與李廣談論孫子兵法、六韜、三略*，或是徐氏兄弟嗜好的琴棋書畫，都能講出一番見識，就連張穀都能與他大談陰陽五行。聽得

＊孫子兵法、六韜、三略：這三本都是中國古代著名的兵書。

李廣實在佩服，好一個文武雙全的美貌英雄。

夜半就寢前，楚雲獨處房中，面對著梳妝臺鏡解開了髮髻，散下的秀髮細如絹絲，烏黑亮麗，楚雲拿了柄象牙髮梳，一搓搓將頭髮捧在左手掌心上梳理，直到毫無糾結。等到梳理完畢，楚雲攬鏡自照，左瞧瞧、右瞧瞧，用手稍稍調整了那人中上的幾撇鬍鬚。臨上床前，脫下一雙大靴，緩緩解開裹腳布，誰知這條裹腳布環環繞繞，竟比常人多捆了好幾大圈，裹腳布下露出的那一雙腳小巧玲瓏，儼然是一雙女性的腳。

原來楚雲本姓雲，小字蘿娘，實在是個女性。她年幼時因故走失，被楚姓官家收養。只是因那楚老先生膝下無子，所以不僅將她做男孩打扮、請了先生教她讀書，還請來很多武師，一一傳授武藝，簡直把楚雲當作親生兒子教養。

楚雲對楚老先生的恩情銘記在心，因此在家中也絕不在楚老面前流露出任何一絲女子情懷。漸漸的，也習慣了把自己當男人看待，喜好在外遊蕩、結交友人。在江湖闖蕩有了些時間，聽說賽孟嘗李廣的名聲，便決定此生一定要找機會認識這個人。誰知今日平山一遊，竟就在桂花亭中巧遇李廣，李廣果然名不虛傳，的確如傳聞中的風度翩翩，不管誰看見想必都會一見

三門街

傾心。自己也不例外。

　　這個時候，<u>李廣</u>正又取出<u>英雄錄</u>，左看右看就是找不到完全符合<u>楚雲</u>形象的人物。

　　「難道我與這樣一個英雄竟無緣分？那今天的相遇莫非是上天捉弄？」

　　再反覆仔細察看，發覺只有一人，樣貌近似<u>楚雲</u>，面目清秀略帶嬌媚，身材也同樣修長，上身是武人的輕便打扮，腰間卻繫著一件湖水色長裙，分明是個女子。

　　是<u>楚雲</u>嗎？

　　<u>李廣</u>猜疑著。但他毫不懷疑<u>英雄錄</u>會出錯，因為天命註定。

第五章　錦屏奉旨揚州開擂

到了開擂臺那一天。

那擂臺高聳雲霄，四面圍著欄杆張燈結綵，臺口上橫掛一塊「廣攬英雄」的金字匾額，左右對聯一副：「威可南山除虎豹」、「勇能北海捉蛟龍」。擂臺周圍都有兵士保護，兵士外又有一些攤販亂哄哄。好不熱鬧。

一陣鞭炮鑼喧，便要開場。

「小女子史錦屏，奉旨到揚州擺擂臺，為期一年，要挑選天下出色英雄輔佐皇上。若有精通拳棒、武藝超群的英雄，請上臺來與我比試。」

「俺來了。」史錦屏話才說完，一人便應聲而至。原來是一個粗莽和尚。

李廣踩腳，對楚雲等人恨恨的說：「唉。這個廣明，件件都要出人頭地。不管事情輕重，他就是要走在人前。這到底是哪來的佛家弟子……算了，不仔細看便要錯過好戲了。」他是知道史錦屏功夫的。

「來人請通報姓名上來！」

「妳一個女子有什麼武藝，膽敢口出狂言，藐視天下豪傑，妳可聽過我鐵頭和尚廣明的威名嗎？」

史錦屏聽了也不生氣，舉手便向廣明打去。廣明招架，趁史錦屏收拳的時候，搶進一步就要反擊，卻發現她身軀早已退開。

史錦屏退開的身軀一轉，一腳飛踢，當胸踢中來不及收勢的廣明。一聲：「中！」廣明便襯著藍天，成了好大一朵灰撲撲的雲朵，飄下臺去。觀眾齊聲喝采。

緊接著一人跳上擂臺，「在下胡達！」也不等答話，舉起拳頭便打。

史錦屏見他的架式已知高下，臉上不由自主露出了一些輕蔑的笑意。

打了不到三回合，又見史錦屏望後一退，胡達急搶上前，史錦屏又向旁邊一閃，順勢往衝力過猛的胡達屁股加上一腳。又一人飛落臺下塵埃中。

李廣看得一直皺眉。

「鄭九州、甘寧二人，懇請賜教！」又有二人一齊上了擂臺。史錦屏毫不介意以一敵二，不慌不忙的打了這個、迎了那個，一拳一腳像是繁花朵朵綻放，烏髮與玉色頭巾飄散飛舞，好不美妙。對比鄭、甘二人的粗手粗腳外加喘聲氣息，明眼人都看得出來史錦

屏不僅遊刃有餘，還有戲弄二人的意味。沒有多久，二人又一東一西飛落擂臺，跌了一個狗吃屎，實在狼狽。這下喝采聲像有千軍萬馬，喧譁不已。史錦屏英姿煥發，不再有人敢上臺。

徐文亮這時望向史錦屏的眼神略有傾慕之意，又暗藏某種淡淡的哀傷。

「太急了……」李廣望著史錦屏咕噥。吩咐徐氏兄弟前去問候照料廣明與其他被打落臺下的豪傑們，又向張穀附耳低語幾句，頻頻望向臺上各處，指指點點。

「是。」張穀領命，走到臺前低聲說：「你們放扶梯下來，好讓我上臺比試。」

周圍的人看到這種情況，沒有不譏笑的。心裡都想張穀瘦小、裝扮看來分明是個文弱書生，剛才幾個人上臺，不過幾回合就落敗了，張穀上臺豈不是自討苦吃、等著笑話？

張穀對大家的取笑卻是充耳不聞，晃著大袖、搖搖擺擺的登上擂臺，向史錦屏兩手一拱說：「在下姓張名穀，綽號半支梅，是萬萬不敢與郡主一枝花媲美。在下粗知拳腳，卻是弱不禁風，不敢獻醜。不過因見到他們與郡主打得高興熱鬧，便也想與郡主過過招。

還望郡主拳腳上讓我三分，請郡主多多包涵。」

史錦屏看他嘴上說得客氣，身形畏畏縮縮心裡略有不屑。「既然上了擂臺，我就與你比試吧。」說完，擺開架式。

「等等，郡主，我們是要先打拳，還是踢腿？還是拳腳並施？」

「聽你的、聽你的。」史錦屏被張穀鬧得有些不耐煩。

「那麼，我們便由上而下，先打一套拳，再踢一路腿法，最後再拳足亂打一頓吧！但萬萬不可認真，不過玩一玩而已。」

「這裡是皇上招才的地方，不容你在此胡鬧！有本事就來見真章。看招！」再也聽不下張穀一番亂七八糟、沒個正經的胡言亂語，史錦屏按捺不住，一拳打去。

大袖一舞，張穀已經躲了開來，也不還擊，繼續左閃右閃，躲過史錦屏的連續攻擊，一對大袖翻飛飄揚，好像梨花舞雪。另一邊史錦屏纖腰一扭，從千變萬化的角度出擊，好像垂柳迎風。

又一會兒，張穀收起大袖，竄跳蹦縱、飛舞盤旋。

拳勢勇猛的史錦屏卻連張穀的衣角都沒碰到，反

三門街

倒是被攪得眼花撩亂。好不容易抓住機會，<u>史錦屏</u>一把抓住了<u>張穀</u>，喝聲「去吧」便要將他拋下臺去。

　　觀眾正要喝采，卻不見<u>張穀</u>。<u>史錦屏</u>也覺納悶，分明已經擲出去，怎麼沒有落地蹤影？

　　正在狐疑的時候，卻聽見擂臺高梁上有人說：「郡主別急，我在這呢。剛剛打了一下子，氣力實在有些上不來了，因此上來休息片刻，定定神，喘喘氣，等一下再與郡主交手。郡主不如也坐著休息一會兒吧！」正是<u>張穀</u>，摺扇輕搖一派輕鬆。

　　<u>史錦屏</u>無法，只得坐下休息片刻。沒想到喘息才定，<u>張穀</u>已飄然落下，一掌劈面而來，角度刁鑽。

　　「好傢伙！」<u>史錦屏</u>讚嘆，在千鈞一髮之際，一個挺腰險險避過。同時一腿算準往<u>張穀</u>踢去，卻又忽然不見<u>張穀</u>身影。又聽身後一聲：「中！」大驚之下急翻閃過，站起身回頭看還是不見<u>張穀</u>，只聽見東邊臺角有聲音喊：「郡主，我在這裡。」

　　果然見到<u>張穀</u>站在臺角邊，輕搖摺扇，笑嘻嘻的望她點頭。<u>史錦屏</u>這才意會，<u>張穀</u>簡直是把她當猴子戲耍。

　　一明瞭其中道理，<u>史錦屏</u>氣得柳眉倒豎，咬牙切齒的說：「不將你這小孩打下，我就不姓史！」一個燕

子穿簾的招式，如旋風般對準他穿了過去。

觀眾眼看這招非常凌厲，張穀勢必得硬生生接下這一招。卻只見張穀等史錦屏來得近切，忽然將他瘦小的身軀往上，縮進招式的空隙之中，還迎著史錦屏的來勢，用手輕輕在她的額頭拍了一下：「好個桂花奶油香！」下一秒張穀已經站在擂臺正中央，哈哈大笑：「郡主，今兒個天色不早了，在下也累了，想早點休息。咱們明日再會吧。」

這下只嚇得史錦屏是香汗淋漓，剛才他若是有心，只怕自己已是人頭落地。只得唯唯諾諾，任他離去。

稍晚，李廣一行人已回到招英館休息。

楚雲見李廣獨坐在花園亭中，上前刻意問：「李大哥，史錦屏也是皇上派命的朝臣，這般戲耍她可好？」

「今天的場子，真正的高手是不會出手的。我了解錦屏，她功夫不錯，大器頗有乃父之風。但初領皇命極想建功，以致盛氣凌人，手段激進這點也像她父親，都想把每個上臺的人捧下臺以樹威權，就怕……」

「就怕是還沒招攬到人才，便先把天下英雄得罪光了。」

「嗯。你看甘寧、鄭九州、胡逵三人，我囑咐徐家二兄弟前去照料問候，果然便引得他們都投奔到我

們這裡。懷柔才是招才之道。」

「原來你去擂臺觀戰是作此打算，賊呼呼的！」楚雲恍然大悟，若有所思的說：「所以你派張穀去，不真打，只是玩玩，挫挫錦屏的銳氣？」

「嗯！只怕是傷了和氣。不過我想她終究會明瞭我的用意。」

「而且還會明瞭你的苦心。」

「希望如此。」李廣對楚雲露出一抹苦笑，其中也流露一絲欣慰的神情。

顯然李廣對史錦屏這人的情感複雜，一股腦兒只想幫助她，但也有些競爭的意味，楚雲摸不清了，繼續問：「你還在憂慮什麼嗎？」

「我在想什麼時候我才能像錦屏一樣，為皇上做點事。」

「憑你的功夫，想打敗錦屏不難。為何不親自上擂臺？馬上就可得皇上重用。」

「不行。如今擺擂臺招才一事，既是錦屏前來，應當是錦屏父親史洪基的主意，就算是受推舉得以當

官，也必然得歸在史洪基的門下。」

「左丞相史洪基也是當朝賢相，為國為民，與右相范其鸞並稱。在他門下為國效命有什麼不好？」

「⋯⋯我也不知道。只是我父親死前曾祕密交代我，語重心長：李家子弟當盡忠報國、入朝奉獻，鞠躬盡瘁，只是不可為史洪基黨羽。」對李廣而言，父親遺命不可違抗，他不能親上擂臺，只能默默在招英館奮鬥。

第六章 塞翁失馬李代桃僵

因為擂臺的關係，<u>招英館</u>內高朋滿座，不少英雄豪傑自然成為<u>李</u>家夥伴。雖然館內生意依循軌道，但<u>李廣</u>也沒閒著，平日也會假扮常人在館內吃飯、近距離觀察客人，漸有心得：各有所長的江湖人物非常多，但有特殊英氣的人卻不多。因此，招攬人才漸漸成了例行公事，缺少趣味。

這一天，<u>李廣</u>與<u>楚雲</u>等人在館內高處設宴，忽然發覺有目光一直投射過來。循著目光望去，他愣住了。

又是一名貌比女子的好漢，就像<u>楚雲</u>。身材高矮也像女子，只是若細細觀察可以發現他雖瘦但精實，臂膀肌肉的線條，清晰可見。不過那人完全不同於<u>楚雲</u>的雪白，一身古銅色的肌膚，若是美女只怕是個黑美人了。最大的差別是，他臉上多了些逼人英氣，真的是千真萬確的美貌英雄，絕非雌雄莫辨。

放下筷子。<u>李廣</u>上前詢問：「在下李廣，這位英雄有什麼問題嗎？」

「久仰大名。小弟姓桑名黛，綽號俏哪吒。今天上門確實有事相求。」不閃不避直接俐落，不失禮節卻也不扭捏作態。好一個男兒作風，李廣暗自讚嘆。

「喔？什麼事？」

桑黛並不答話，只是環顧四周。李廣馬上明瞭他有所顧忌，說：「不如這邊說話。」做一個手勢邀請他入座。

李廣向大家介紹過彼此後說：「說吧。」桑黛仍靜默不語。

李廣見桑黛臉上憂慮，接著說：「這邊兄弟都是自己人，不必擔心。」

桑黛這才放心，娓娓道來……

桑黛家中田產很多，原本在蘇州開了一間蓬萊館賣些酒菜，並收了幾個徒弟，每日舞槍弄棒、練習武藝，專門疏財仗義、濟困扶危。

前些日子竟有一個好色之徒看上他美麗的姐姐，求歡不成就要明搶。桑黛自然不是好惹的，赤手空拳便將他打出館門。豈知他回去之後，竟找兄長帶了許多打手，又上蓬萊館報仇。幸好桑黛武藝出色，家中門徒也不是泛泛之輩，又打得他們落荒而逃。

原想此事就此落幕，沒料到他們如此奸詐，竟找

三門街

上太湖旁蒲家林的一幫山賊，說：「蓬萊館桑黛貌視蒲家林為無名賊寇，實在替大王氣憤不過，特地前來通報，加上桑黛家中有一個絕色美女，貌美無雙，是做壓寨夫人的不二人選。」

沒想到，還真引了一幫強盜前去，不分青紅皂白，見人就砍。

桑黛雖然勇猛，力戰群賊，但還是寡不敵眾，落了個館破人亡的下場，姐姐也被擄去。只得狼狽而逃，前來揚州擂臺賽，求得英雄好漢幫助。有幸得知招英館有個李孟嘗，因此登門求助。

「這幫蒲家林賊人真是欺人太甚！我廣明定會為你出頭！」

「且慢。算算時間不對勁，如此急事，你來揚州似乎花了過久的時間。」李廣的意思是，桑黛若不是欺騙，便是有所隱瞞。這種討賊的事，茲事體大，他必須仔細思量。

桑黛吞了吞口水，喝口酒，才接著說出其中緣由。

原來桑黛來揚州的途中，遇到同樣的搶親擄人事件，只是奸人並非賊寇而是豪門。他氣憤不過便見義勇為，親自上豪門想居中協調，卻不小心中計被灌到大醉，挨了一頓揍，險些送命。

幸好豪門中有一個奴婢因為父親曾受桑黛的恩惠，想方設法連同家中好心的大小姐救了桑黛，藏在閨房之內，大小姐看他秀美俊俏、義勇正直，一見傾心，無奈門第懸殊，只能含恨。桑黛不是負心的人，感激之下便答應以後飛黃騰達定當回報。

　　為了送出桑黛，大小姐提議將桑黛扮作某個婢女，隔天藉口送往一個世交好友的殷姓的當官人家，桑黛才趁機逃走，因此耽擱了時程。

　　「哈哈哈！這位大小姐真是好提議。」聽到這裡張穀仔細看了桑黛開玩笑說：「你扮女裝，像極了，像極了！尤其這雙媚眼。」

　　一旁楚雲面露微笑，眼角卻疑似洩漏出一絲絲驚恐後強自鎮定的神態。

　　「殷姓的當官人家？莫非是當今翰林學士殷霞仙老家？家中是否也有一個美女長得亭亭玉立？」李廣問。

　　「是！殷家大小姐麗仙，是個男人都想一親芳澤的天仙。」

　　「所謂塞翁失馬，焉知非福，一場劫難反而豔遇頻頻，桑黛老弟真是豔福不淺哪！」徐文炳一說，引得在場眾人無不取笑桑黛，鬧得桑黛臉都紅了。只有

楚雲並不熱衷參與話題。

「他扮女裝到底有什麼好笑呀？」楚雲忽然這麼問。

眾人恍似無聞又像刻意忽略，只是略微停頓，依然繼續飲酒作樂，拿桑黛的面容與女裝取笑。

桑黛只得心下暗恨：「早知如此，便不說扮婢女一事了。」

心裡又想，他初見楚雲便覺怪異，此人分明是女人，為何一身男裝置身在男人堆中？而且其他人卻好像完全不知道？這些疑問便是他直盯著楚雲看，以致招來李廣的原因。

可能是自己從小面貌如同女人，也可能是近期兩次近距離接觸女性，或者是因為假扮女人經驗的緣故，所以對於扮裝一事有股異於常人的直覺。

而如今楚雲的一句疑問或許便是她實為女人的最好印證。

到底她是為什麼要扮男裝呢？他不想魯莽問破。

倒是李廣忽然拍桌，一聲巨響劃破喧嘩的笑語：「好！各位兄弟，咱們便上蒲家林去，會會那幫強盜吧！」

一第七章 小神仙賣卜相英雄

　　為了避免變成江湖械鬥，李廣先去官府報案。原來知縣早對蒲家林一夥盜匪非常頭痛，有人願意仗義滅賊，高興都還來不及，立即答應。不過李廣卻是拒絕了知縣派兵援助的好意，只要知縣對此江湖事，睜一隻眼、閉一隻眼。

　　李廣帶了一班英雄好漢便殺上蒲家林去。

　　賊人雖為數眾多，但這些英雄個個以一當百，一般嘍囉哪是對手，三兩下便被殺得七零八落、潰不成軍。

　　蒲家林二頭目蒲虎看苗頭不對，舉了一把鋼刀就要向李廣殺來。這下惹惱了旁邊的楚雲，一把銀槍一挑便盪開了鋼刀。蒲虎暗暗吃驚，轉身正準備第二擊，楚雲的銀槍卻已經刺了進來，只得趕緊招架。但一來一往不過七八回合，蒲虎便已抵擋不住，急著想逃走。不過楚雲槍法卻是異常厲害，蒲虎被困在萬花槍陣裡頭，毫無空隙可逃。

「桑黛在此！」一聲巨吼，刀起刀落。不知哪裡冒出的桑黛已經趁隙搶進，一刀砍下蒲虎的腦袋。

蒲家林大頭目蒲龍看得心驚膽戰，於是退兵緊閉寨門，不再出戰。氣不過便要回頭找桑黛的姐姐出氣，他大聲嚷嚷著推開房門，還不見小姐身影，卻覺喉頭一涼，一把銀劍已經劃過喉頸，再也嚷不出聲了。

原來李廣早派張穀潛進寨內打探桑小姐的消息。張穀正背了桑小姐設法逃出，忽然聽見蒲龍一邊嚷著桑小姐的名字，一邊奔來，心想正好，便藏於門後等蒲龍進門，一劍又是大功一件，臉上還笑嘻嘻的，嚇得桑小姐魂都不知飛去哪裡。

李廣將掃平蒲家林的消息回報知縣，知縣大喜，一邊獎賞眾人，一邊處理後續事宜，將蒲龍、蒲虎等人的屍首示眾，更頻頻向李廣致謝，勸他出來當官。李廣卻是再三辭謝，因為官府不要其餘的招英館英雄，只中意李廣一個人。

離開縣府，李廣帶領大家搭船往招英館而去，順道一遊太湖。

這一天，船靠近岸邊市集，李廣一下船，便看見那邊布棚底下坐著一個頭戴道巾身穿鶴氅，唇紅齒白清秀絕倫的人。最有趣的是他分明是位看相的，旁邊

掛著的招牌上不是寫著「鐵口直斷」之類，卻是大大的「久候多時」四個字。

「又來久候多時，你們這些仙人出場能不能換個臺詞？」李廣撇嘴暗想，心裡雖是明白，還是上前故意詢問：「請問……」

那人一見李廣，不等李廣問完，便站起身笑著迎出來：「李孟嘗，在下久仰了！什麼時候由蒲家林到此地？」

李廣故作驚訝說：「道長是……」

「貧道姓蕭，法名子世，綽號小神仙，曾跟終南山赤松子學道，因此稍知過去未來之事。特奉師父之命，前來等候。」

李廣心想：「赤松子又是哪位？算了算了，當作有這麼一位便是，反正你們這些人就是要來搞這麼一套。」他知道這些人所求為何，於是他也毫不囉嗦的直接說：「佩服佩服！這位小神仙，不如到我船上聊聊如何？」

「恭敬不如從命！」

二人上船之後，李廣向其他人介紹了小神仙，接著便說：「小弟等人有幸今日遇上小神仙，不如請道長幫我們幾個看一看面相吧？」

廣明第一個上前。

「和尚，我知道你叫廣明。以六根不清為清靜，佛門戒律雖無一不犯卻無犯心，為反禮教而反。順從心性，尤好美食，怕是豬八戒投胎。」說到此大家無不哈哈大笑，廣明摸摸腦袋傻笑，蕭子世清清喉嚨接著說：「不過，他日終可修成正果。」

第二位是張縠，笑嘻嘻的依然窩在椅上，坐沒坐相的說：「道長，我又如何？」

蕭子世毫不發怒：「你是東方老祖的徒弟，與我也算師兄弟，精通道術，可惜凡心太重，不能上入仙班。不過童心處未泯，或許是你們當中最快樂的一個。」

張縠聽了，伸伸舌頭：「鬼話連篇，不過聽來倒是有趣。」

接著便是桑黛。

「男扮女裝可享受嗎？沒有關係，他日還有機會。你為人疏財仗義，磊落光明，日前遭逢大禍，無奈之間只得改扮女裝，但塞翁失馬，焉知非福，不但豔福不淺，還因此結識李廣一行人。溫柔鄉裡，與美女同

居卻沒有淫亂之心，將來官居高位，倒也不奇怪。命中帶有桃花，豔福不斷，日後在戰場上，也有不少奇緣，只不過是福是禍，還要看造化。」蕭子世一番話說得桑黛又驚又怕，默默退下。

再來輪到徐文炳。

「徐兄，你沒什麼好相的。胸懷之中，文墨極盛，他日文章天下聞名。只是如今印堂暗沉，近日怕有牢獄之災，所幸吉星高照，自可逢凶化吉，不必太過擔心。」徐文炳退了下來，臉上暗淡無光，用不著相士面相，大家都看得出來。

「大哥，江湖術士胡言亂語，聽聽就算了，不用太過掛心。」徐文亮安慰的說。

「文亮兄果然善良，但怕是泥菩薩過江，自身難保。令兄固然有災難，便是你也不免受一水劫。慶幸的是雖是遇難，卻有仙緣福分。文才方面，你是比不過令兄，若想出頭，應當棄文就武，還能得一紅粉知己與你偕老。你若不信，等到以後再來驗證，如何？」

徐文亮哪裡肯信，輕輕一笑說：「不如你相相楚雲吧！」

大家一回頭，卻不見楚雲蹤影，剛才他還在船上，如今卻不知跑哪兒去了。

「既然人不見了，那也沒有辦法，道長不如先看看我終身如何結局？」李廣氣定神閒的說。

「你為人正直、慷慨大方，日前奇遇更令你自命不凡。蒲家林一戰，鋒芒初現，不久之後，更有機緣得試牛刀。一輩子都困於父親遺訓之下，使你前路坎坷，不過也正因堅持父訓，養精蓄銳，日後自然登壇拜將，富貴雙全。你的夫人出身也非常特別，與你一同血戰沙場、封王晉爵，是個千古無雙、巾幗不讓鬚眉的奇女子。」

李廣自從碰見太白金星得了英雄錄的奇遇後，便深信自己是武曲星下凡，必定有番作為。尤其日前蒲家林的事件，是他細細考量之後的初試啼聲。一切都是天命，蕭子世今日的一番話更加印證了他的想法。只是蕭子世講出父親遺訓這一點，仍讓他暗暗吃驚。

這時楚雲從外面走進來，默默回座。

「楚雲，你回來得正好。眾人都已相完，換你讓蕭道長看看。」李廣說。

楚雲卻是搖手擺頭，百般推辭。蕭子世早知如此場面，立即說：「楚雲甚不易相，我怕工夫還沒到家，沒多大把握。尤其剛才輪到他的時候，卻正巧不在，正是預示天機不可洩漏。今天恐怕是不可多相了。」

聽蕭子世此言，眾人雖不盡興，但也只好作罷。

看完相後，蕭子世私下交給徐文炳一個錦囊，叮囑他說：「賢弟若悲傷的時候，可將錦囊拆開來看，心情或許可以好過一些。」徐文炳還想問明白，蕭子世卻捻捻鬍鬚，飄然而去。

過了幾天，李廣等人已抵達揚州，徐氏兄弟二人接獲家書說母親臥病在床，希望他們回家探望。二人立即備船往杭州三門街家中而去。

一天半夜，徐文亮到船頭觀賞月色，忽然遭遇一陣狂風，浪湧船傾，人就這麼被風浪捲入波濤之中。家僕馬上大聲呼救，船上的人全被驚醒聚集船頭，徐文炳只急得痛哭，連話都說不出來。船夫趕忙跳下水去，尋找了一會兒，仍不見徐文亮蹤跡。

徐文炳手足無措，忽然記起錦囊，將它拆開一看，只見上面寫著：「風波絕險丹陽路，蓬島安居不是災。記取明年擂臺下，棄文就武去重來。」心想蕭子世真是料事如神，莫非徐文亮命中真有此劫嗎？如果能被蓬島仙人相救，也是因禍得福吧。雖然半信半疑，但心裡也因此稍微平靜了下來。

第八章 扮閻羅巧救范丞相

蒲家林一戰立下大功，揚州李廣招英館的名氣漸漸響亮，最後傳到朝廷裡頭去了，但朝中大臣對於招英館的態度明顯分成兩派。

一派以右相范其鸞為首，主張應當破格重用招英館豪傑，讓他們為國效力。

另一派則是左相史洪基當頭，認為招英館江湖味太重，恣意行事、結黨聚眾，入朝後恐怕會成為朝廷亂源。

「皇上！李廣為前兵部尚書之後，對國家忠心耿耿，毋庸置疑。作風雖然放蕩不羈，但人不輕狂枉少年，若能晉用、好好栽培，假以時日必定成為國家棟梁，這是皇上的福氣。」范其鸞進言。

「不成。招英館是江湖幫派，行事放蕩，若破格晉用，一定會壞了朝廷的法度。法度一壞，縱然忠心，又有什麼用？」史洪基反對到底。

正德皇帝卻是意興闌珊，呵欠連連，只想暫時平

息兩派爭執：「這事你們決定就好。若爭執不下，緩一緩就是了。」

哪料到議論平息不過數週，竟傳來招英館的徐文炳殺害民女被捕入獄的消息。

范其鸞大吃一驚，向正德皇帝稟報：「傳言徐氏公子向來溫文儒雅，這恐怕是冤獄。」

史洪基則說：「恐怕他是在招英館耳濡目染學得江湖習氣。連溫文之人都如此不守國法，招英館那一夥人就可見一斑了。」

「皇上，臣願親自走訪一趟。」范其鸞上奏。

「好好好，你就去吧。」正德皇帝滿是不耐煩的語氣。

再來說招英館內。

從太湖回來，徐文炳兄弟說想回家探望母親，誰知傳來徐文亮落水失蹤的消息，而徐文炳也被關進了大牢。自小玩到大的好友，一個月內雙雙遭遇禍事，李廣自然悲痛萬分。徐文炳手無縛雞之力，根本不可能殺人，就連蒲家林一戰，他都沒有參與。

「文炳恐怕是被人陷害了。據說徐府有人入京申冤，右相范丞相將親來審理此案，我們不如就先將事情查個清楚，到時幫助丞相辦案，還文炳清白。張穀、

桑黛，這件事就交給你們二人去查個清楚！」李廣吩咐。

張轂、桑黛二人在李廣吩咐之後，立即趕往杭州了解情況。

原來徐文炳在回家稟報徐文亮失蹤的消息後，母親的病情更加沉重，徐文炳只好往來藥房為母親抓藥，有一次在途中不巧被一個灑水的婦人弄溼了衣服，婦人請他入內烘乾衣服。哪裡知道第二天婦人暴斃，房中留有一柄上面寫著徐文炳名字的摺扇。縣老爺認定摺扇就是鐵證，便將徐文炳屈打成招。

張轂、桑黛連夜前去婦人家探視，卻見婦人的丈夫，整夜醉酒哭號，白天也不工作，四處到酒樓買醉，一擲千金，毫不手軟，看起來瘋瘋癲癲的。桑、張二人見男子裝扮不像富有之人，像是喪妻之後，突獲大筆錢財，這裡面定有不尋常的地方。立即決定晚上再前去婦人家中，一探究竟。

當夜正好狂風暴雨，夾雜著驚雷，男子酩酊大醉，半夢半醒，倒臥床上，張轂臉上畫了慘白的妝，在電

光一閃之中忽然出現在男子面前，嚇得他魂都飛了。

「閻……羅……王……在……此……」張穀壓低聲音，緩慢而嘶啞。

「人不是我殺的！別來找我，人不是我殺的！」男子嚇得閉眼大喊。

「不是你是誰？」

「是……是……徐家大公子……」

「還敢胡說！」

「小的……真的不知道。」

「那你為何突發橫財？家中那柄徐家大公子的摺扇又是哪來的？還不快說清楚。否則……」

「我說……我說……」男子跪在地上求饒：「有個人拿了一大袋白銀來，說大約每到下午的時候，徐家大公子都會從小的家門前經過，我只要想辦法將他身上的摺扇偷來，並在當晚獨自到客棧住上一晚，這一大袋白銀就歸小的。小的真的不知道妻子會就這麼死了。人真的不是我殺的，還請閻羅王饒命。」

張穀一聽，便知他是受人設計。想來那人早已計畫要在男子偷來摺扇的那夜殺他妻子，嫁禍徐文炳。這個男子只是愚蠢貪財，遭人利用。

「那麼，那人是什麼來歷？」

「小的不清楚……只記得他腰上繫著一條金色的腰帶，尾端還繡了個『劉』字。請閻羅王大發慈悲放過小的吧……」

男子依舊跪著不停的磕頭求饒，還不知面前的閻羅王早已不見蹤影。

「這事果然不單純。那帶著劉字金腰帶的人，應該是花花千歲劉彪的奴僕。這劉彪來頭可不小，可是當今皇上寵信的太監壽春王劉瑾的義子。此事恐怕牽連甚廣……」桑黛聽完張穀的描述後仔細推敲，不禁皺起了眉頭。

「哎唷，這眉頭微皺的神情真如美人，看得我心頭都癢了。」張穀還有心情開桑黛玩笑。

「所以你想要親一下嗎？」桑黛不甘示弱。

「好啦！別鬧了，總之明晚先走一趟劉家莊再說。」

「我們腳步必須要加快了，聽說范丞相這一兩天便會到杭州城了。」

李廣還真是找對了人，黑夜在房梁之間飛來竄去，向來難不倒桑黛和張穀。兩人翻進劉家花園之後，找了處草叢藏匿，張穀對桑黛說：「好娘子，你在這裡暖暖被子，看些好風景。我

72

去晃晃，等等就回來。」說完便一溜煙去了。

張穀在各個房內外穿梭，除了看見許多繫著劉字金腰帶的家僕之外，沒有找到任何有用的物證。就在意興闌珊之時，忽然聽見一個房間內有悄悄談話聲：「人已到手，明日事情便成。」

「很好。如此一來便可向義父交代，那便是大功一件了。」

後來回話的想必便是劉彪，但他們所謂到手之人是誰？張穀狐疑，想聽得更清楚些，躡手躡腳找了個縫隙便溜進了房內屋梁之上，隱身在黑暗之中。

只聽見劉彪繼續說：「徐文炳入獄一事，果然引得范丞相親自前來杭州，義父他們真是料事如神。明早派幾個人闖進大牢，殺幾個官兵，假裝劫獄救出徐文炳。加上范丞相才到杭州人便失蹤，時間點如此巧合，只怕招英館名氣這次真要響亮了。義父他們此計實在太妙，除了除去朝中的唯一對手，還順帶狠狠踢了招英館一腳，就算孔明再世也無此計謀呀！」

「那麼范丞相要如何處置？」

「就先關在石室，還有別的用處。或許等幾天後，將他殺了棄於荒野，再嫁禍給招英館人就是了。」

「到時……」

「范丞相一除，就可進行下一步計畫。事成免不了有你的好處。」

張轂在梁上聽得是冷汗直流，急忙回到桑黛藏匿的草叢。

桑黛見張轂回來，問：「你那邊探得什麼消息？我剛才看見幾個大漢將一人綁到那邊的石室內。」

「那人想必便是范丞相。」張轂於是把探聽來的消息告訴桑黛，桑黛大吃一驚。情況緊急，這一切都來不及回報李廣，兩人立即決議，冒險救出丞相。

於是兩人偷偷潛進石室之內，救了范其鸞趁夜黑而去。

第九章 重回擂臺天降文亮

　　張穀、桑黛二人一路護送范丞相到他住宿的地方。

　　稍微休息後，范其鷥問：「感謝兩位大俠救命之恩。請問兩位尊姓大名？」

　　「揚州招英館張穀、桑黛拜見丞相。」

　　「原來是招英館英雄。李廣現在人在哪裡？」

　　「李大哥還在揚州。」

　　這答案似乎讓范其鷥感到驚訝：「不是李廣派你們來的？」長年處在官場，范其鷥早明白人心險惡。有人的地方就有江湖，更何況眼前是道道地地的兩個江湖人士。他並不認為自己如今已脫離險境，招英館恐怕是有所求才會救他。

　　「是……也不是。」

　　桑黛於是將李廣如何派他們前來調查徐文炳一案，他們如何一路追查至劉家莊，又如何巧遇他被挾持的前後細節全都說出，張穀也一併說出了劉彪的陰謀。

范其鸞沉思了很久，才說：「所以，你們二人不是為了救我而救我？」

「嗯⋯⋯有那麼一點見義勇為，又有那麼一點覺得該救國家重臣⋯⋯但其實絕大多數是為了救徐文炳。請丞相大人一定要幫文炳大哥洗刷冤屈！」張、桑二人吞吞吐吐的說。

「很好，非常誠實，我果然沒有錯看招英館。老夫等一下便先派人暗中將徐文炳移監，避免有人劫獄。」范其鸞順了順鬍子，接著說：「如今聽來徐文炳一案牽連甚廣，劉彪貴為劉瑾義子，沒有確切證據是動他不得的，這個案子恐怕將成無頭公案。但你們二人不必擔心，等我召來那婦人的丈夫問個清楚，若真如你們所說的，洗刷徐文炳罪嫌便不成問題。」

「謝謝丞相大人！不過如果丞相不方便辦劉彪的話，不如讓我們招英館的弟兄來。」張穀這麼提議，卻惹得范其鸞大怒：「胡說！國有國法，怎容你們這種私下尋仇的江湖作風！」

「那⋯⋯再次謝過丞相大人。」張、桑二人自知理

虧，再次謝過後便躍窗而去，留下范其鸞獨坐在房中沉思。

「劉瑾想除掉我不是一兩天的事了，但劉彪口口聲聲『義父他們』，似乎除了劉瑾，還有其他人參與？會是史洪基嗎？嗯，不對，雖然除掉我之後史洪基一派將會得勢，但史洪基在朝中向來是個正人君子，即使手段激烈了點，也應當不屑這種小人招數才是。而且所謂計畫的下一步，絕對不只是假扮招英館人劫獄這麼簡單。這些都不過是個幌子，他們真正要的是什麼？」范其鸞苦思不得其解。

救出范其鸞後，果然幾天之後便傳來徐文炳無罪釋放的消息。

徐府上上下下，還有招英館的豪傑莫不歡欣鼓舞。徐文炳驚魂未定，回家中報平安後，便趕往招英館與弟兄們團聚，李廣大開酒席為徐文炳壓驚，並獎賞張、桑二人，一時間招英館熱鬧非凡。

蕭子世在一旁看著，只是默默含笑，他想，徐文炳無罪開釋，招英館更因此認識范其鸞，果真是天命。又掐指一算：下一個歸隊的應當是徐文亮了。

這一天正值史錦屏奉旨擺擂臺一年期滿，準備收

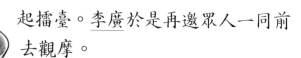

起擂臺。李廣於是再邀眾人一同前去觀摩。

最後一天，擂臺已經沒有開設之時那般熱鬧，人聲不如以往吵雜，加上旌旗獵獵、警衛森嚴，現場反倒有股肅殺之氣。只見擂臺上空蕩許久，完全沒有人上臺比試，看得李廣都悶了，抬頭一望卻看見史錦屏一身草綠金蔥衣裳，獨自一人高坐擂臺邊的椅子上，正氣定神閒的沏著一碗茶。

那注入茶碗之中的水柱，細長如絹絲，好像流動著又似完全靜止。史錦屏神態悠閒，安穩坐定，在肅殺之氣與漫長等待之中，不動如山。李廣大驚，史錦屏儼然已有大將之風，這一年的擂臺試煉，果然不同凡響，不禁又對她露出欽佩之意。

楚雲看見了李廣的眼神，又望了望史錦屏，不知是醋意大發或是好勝心起，上前向李廣提議：「不如就由小弟來打破這肅殺的沉寂吧。」

「不急不急，先看看情況。臺下必然有人會耐不住性子。」李廣才說完，果然臺下就有人一臉不耐煩的躍上擂臺說：「老子真等得不耐煩了，來瞧瞧到底有何屬害！」

史錦屏只是抬頭，又低頭細細聞了碗中茶香。

這一舉動似乎完全激怒了對手，一柄亮晃晃的鋼刀便如黑夜之中的月牙，一閃劃過天際，朝史錦屏劈砍而下。那人還在遠處，這一劈，似乎是砍在空中的虛招，誰知道刀光忽然一陣抖長，鋼刀隨即出現在史錦屏身旁，這一刀之中似乎又藏有一網鋪天蓋下，史錦屏要害全被籠罩。似虛還實，虛實莫辨。

「絕妙好招！」臺下有真本事的豪傑紛紛高喊。「這人確有兩下子。」

「好招！可惜一開始沉不住氣，敗相已露。」李廣這麼評論，楚雲在一旁聽得真不是滋味。

史錦屏不疾不徐，面帶微笑，緩緩闔上茶蓋迎向刀光一敬。那青花瓷碗就此靜止在一個巧妙的位置——刀鋒的最弱點。刀芒突然一消，那人的刀已還鞘。史錦屏一個敬茶的動作竟然就化解了這麼凌厲的招式！

「史郡主好本領，在下學藝不精，甘拜下風。這次前來，能喝到郡主一碗茶，已不虛此行了。」那人殺氣全消，恭恭敬敬喝完一碗茶，下臺而去。史錦屏並不答話，只是微微一笑，又回座準備沏上第二碗茶。

「唉，慚愧。如今的錦屏贏得如此輕鬆，恐怕連

我都沒把握勝她。」李廣微微皺眉嘆氣的說，招英館英雄都以為他心情不好，誰知他才說完便眉開眼笑的開起自己玩笑：「早知當初就不要派張穀指點她了，哈哈。」

張穀更進一步嬉皮笑臉的說：「要不要我再上去戲弄戲弄她？」

「哈，如今恐怕是你也戲弄她不著了。這一年來，她天天打擂臺，跟高手拆招，可不是玩假的。」

「茶蓋、茶碗、茶托三者俗稱天、地、人，闔蓋相敬正是天、地、人合一，渾然一體。這招高啊，妙啊。」一旁的徐文炳興致勃勃的與廣明這麼討論著。

忽然一陣清風吹來，在場所有人都感到舒爽無比。史錦屏沏茶的水柱竟也被微風吹得略微搖動，在茶碗中激起小小水花。

一朵白雲不知從哪裡下降到擂臺上。群眾一陣驚叫，只有蕭子世默默含笑。

「郡主不如嘗嘗，如今這碗茶是否多了一股清甜？」

「文亮！」徐文炳大喊，原來臺上那朵全身淨白衣裳的白雲，正是日前落水失蹤的徐文亮。

「文亮，你快下臺來！」徐文炳話中除了許久不見弟弟的心急如焚，隱隱還有擔心之意。徐文亮從小

便體弱多病，對於武術一竅不通，怎麼能上臺打打殺殺？何況李廣等人剛剛還不斷稱讚史錦屏的武藝精進。

聽見哥哥喊叫，徐文亮卻是不發一語，只微笑點頭，但眼神中已流露一切：「別擔心。」

這一眼看在徐文炳心裡，回憶重上心頭。徐文亮自小便有如一位世道的旁觀者，非常疏離的看待身邊大小事，無論喜悲都不上心頭，默默跟隨廣博多聞的他，還有海派大度的李廣，聽著他們興高采烈的羅織輕狂的夢，或是傷春悲秋的感懷前途茫茫，從不作聲。他雙眼澄澈，無絲毫汙泥，看到的人心中都會平靜舒緩許多，人世間還有誰這般純淨？

如今徐文亮純淨依舊，更有超凡脫俗的仙氣，尤其那澄澈的雙眼如此柔和，瞳仁間卻又散發著堅定的光芒。徐文炳不再阻擋，他恍然明瞭徐文亮已經長大，就算不知道他會做什麼，又能做什麼，總之是該相信他。

於是，他回給徐文亮一個信任的眼神。「去吧！」徐文炳在心中默念。

第十章 錦屏墜火聖籌南遊

史錦屏聽了徐文亮那句飽含暖意的話，心頭一怔，在沒有人來得及發現她的異樣時，便恢復了肅穆的面容，輕聲說：「清風歸來，文亮無恙吧？這碗茶，不如我們先敘敘舊後再喝吧。」史錦屏動作輕緩，聲音卻隱含怒意。

剛才徐文亮到來的一陣清風，吹動了史錦屏沏茶的水柱，可見功力不凡。史錦屏不敢怠慢，離開座位舉劍說：「請。」

徐文亮也輕輕持劍踏出，在擂臺上漫步，步伐好像興之所至漫無目的，但又似乎藏有玄機，只是並無殺機。

史錦屏瞧不出虛實，只好保持一定的距離，隨著徐文亮的步法重新找定新的位置。

外人看來，好像兩人在臺上跳起雙人舞，一邊是白雲，一邊是草原。

又是一陣風襲來。

雲近雲遠離，一輕沾叢雲碎無跡；草低草搖曳，一挺身朝露化霧隱。

　　忽然平地一聲雷，暴雨陡降，閃著銀光黑影的萬千雨絲，牽連在雲與草原之間。滴滴答答，聲聲清脆。

　　如此劍舞，如畫如景，沁人心脾，觀眾沒有不如沐春風的。原本的肅殺之氣全消。

　　雷再起，一束黑光好像斷髮直上天際，奪去眾人目光，那是徐文亮被震開的佩劍，通體湛黑的「湛盧」，劍從懸空直入塵土。

　　風又襲，史錦屏朝白雲盪去宛若露水的一劍，眼看失去武器的徐文亮就要落敗，怎麼知道那露水忽然被綿密白雲吸納，無影無蹤。

　　原來徐文亮手持劍鞘，在千鈞一髮之際，剛好容納了史錦屏那柄芙蓉出水的利劍「純鈞」。

　　史錦屏這一年來奉旨擺設擂臺，屢逢強敵，肩頭更有重擔，只能不斷讓自己更加強悍。雖然李廣當初指點，使她更懂得容人納才，但心緒仍是絲毫不得鬆懈、非常緊繃。如今遇上了瀟灑的徐文亮，即使她奮力震開了他手中的劍，他還是只想著如何包覆住她那柄利可斷金的純鈞，世上從來沒有人如此溫柔。想到這裡，她淬鍊成鋼的鐵石心腸突然迸裂。

擂臺四角不知什麼原因燒起一把無名火，一發不可收拾，剎那間紅光一片，直透雲霄。

史錦屏身在臺上，眼看她這一年來精心擺設的擂臺，頃刻便要燒得精光，「算了！算了！」她口中念念有詞，在一陣暈眩之中，往後倒向炎炎烈火。

徐文亮才要援救，卻被烈焰突然隔斷，再要伸手已來不及，只能這麼望著史錦屏消失在火海之中。

「郡主！」向來輕聲細語的徐文亮，第一次奮聲喊出。

李廣等人趕忙將徐文亮救下，廣明、桑黛急忙壓住徐文亮奮力掙扎的手腳，張穀、楚雲則是趕忙拿來溼布擦拭徐文亮身上的灰燼，徐文炳只能在一旁心急。

還是蕭子世一席話，才讓徐文亮平靜下來：「先不要擔心。當初你遇水劫而有呂洞賓仙人的奇遇，如今錦屏遭遇火劫，應該是何仙姑將她帶去。你與錦屏還有姻緣未了，暫且先保重自己，將來好再接續前緣。」

蕭子世幾次預言完全靈驗，大家早已深信不已，如今聽他這麼說，都恍然大悟。徐文亮也寬心了許多，隨兄弟們回招英館休養。

大家各自回房休息，李廣、楚雲在園中閒聊。

「看文亮、錦屏二人，讓我非常羨慕。」楚雲感

嘆的說。

「你是羨慕男的，還是羨慕女的？」李廣問。

「有差別嗎？我是羨慕他們之間的那種情愫，細微而深厚。」

「哪裡細微？文亮那一聲喊叫，可是淒厲如殺豬呢。」李廣取笑說。

「哎，我可是很渴望能喝到那一碗茶呢。」

「那可不成，文亮心有所屬。不如我沏給你喝。」

「你這粗人……我看算了，還是喝你的酒吧！」

「粗人沏粗茶，剛好！」

「對了，李兄，如今還羨慕錦屏嗎？」

聽楚雲這麼一問，李廣忽然想起今天擂臺賽前，楚雲似乎有意上臺與史錦屏一別高下，不知是什麼居心？是純粹技癢或是略有醋意？不如試他一試。李廣想了一下之後回答說：「已經不是羨慕，而是欽佩。何況錦屏這種姿色品格，如果不是文亮已經喜歡她，只怕我也要拜倒石榴裙下了。」

「這樣啊……」楚雲不是沒意識到李廣一直在試探他，且史錦屏之姿實是上上之選，若是男人，縱使

流水無情，但實在沒有不附和讚嘆的道理。於是並不表態，給了一個模稜兩可的答案。

李廣聽了楚雲的回答，心中已有定見，正想再探問，卻見蕭子世遠遠走來。

蕭子世向二人行了個禮，說：「打擾兩位了。李大哥，近日內朝廷將有大難，我們必須前去援救，還請李大哥召集招英館精銳與江湖上的兄弟，於正月初十之前，趕往河南天寶寺會合。這次行動如果成功，招英館人必將飛黃騰達。」

「好！就聽咱們軍師的！」李廣爽快回答，瞬間將兒女私情拋在腦後。

同時間，正德皇帝召見左右丞相史范二人，興致勃勃的說：「皇叔河南永順王六十壽誕正逢元宵佳節，準備邀朕前往河南一同慶賀，並共賞燈會，想問兩位丞相意見如何？」

范其鸞一聽馬上回想起當初在杭州遭劫一事，難道劉彪口中「義父他們」，除了劉瑾之外，便是永順王嗎？那麼皇上此行必定凶險，因此說：「如今永順王請皇上一同前往河南賞燈，陛下想盡人倫常理，親自前往祝賀，陛下實在仁孝。但朝廷不能一日無君，況且

三門街

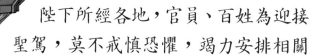

陛下所經各地，官員、百姓為迎接聖駕，莫不戒慎恐懼，竭力安排相關事宜。那時正值農耕時節，百姓若被地方官所差遣，不免荒廢農事，一來勞民傷農，二來有損陛下仁德。河南離京城遙遠，沿途多有危險，希望陛下以國以民為重，並愛惜自己的身體，才是國家大幸。」

正德皇帝聽了之後，非常不高興，接著問史洪基：「左丞相意見如何？」

「范丞相說的不錯！但如果皇上能命沿路官員一切從簡，不致勞民傷農，朝中事務又命值得信任的人代勞，不要荒廢。那麼將兩全其美。」

史洪基的話說得他大悅，立即降旨：「就如史丞相所說的辦理。」

趴在地上的范其鸞面朝紅毯，頭也抬不得，輕輕嘆了一聲。這下恐怕是完全稱了劉瑾心意，只能找招英館那一幫人了。

光陰迅速，冬去春來。正德皇帝啟程遊河南，一路上龍鳳旗飄揚，香煙繚繞，好不威嚴。雖然說是一切從簡，但所謂「從簡」不過是少些餘興節目罷了，食衣住行等依然馬虎不得，這是平民百姓想都不敢想的極致奢華了。

第十一章 英雄齊聚美人計出

正月初九，李廣等人已經到了河南天寶寺，才踏入寺中，就看到一個虎背熊腰的莽漢迎面來接：「李兄，久違了。小弟等人前些時間即到達此地，還算沒有誤事。」說話的正是當初三門街前錯闖史府的洪錦。

李廣一見大為高興，立刻給洪錦一個擁抱：「洪兄，別來無恙？母親、妹妹也都安好嗎？」

「不勞操心，目前她們都在四川家鄉。」洪錦說：「小弟日前聽到江湖傳聞李兄廣招天下英豪齊聚河南天寶寺，特地前來，還希望能助一臂之力，以報答昔日的恩情！」

李廣聽洪錦談吐較以往更得體穩重，不由得呵呵大笑頻頻點頭讚許。這才忽然見到洪錦身邊有一個面貌姣好的女子，儀表不凡，恐怕也是江湖上的頂尖豪傑。

「這位是飛鳳山寨寨主，雲中鳳白豔紅。」做介紹的卻是李廣身邊的徐文炳：「她聽說招英館掃蕩蒲家

林一事，對招英館慕名不已，託在下家僕引薦，此時正在用人的時候，所以請她到此一會。」

「唷！什麼時候你也懂結交江湖夥伴了？這事可奇了！」李廣驚訝的說。

「白豔紅見過李兄！」雖然是女子，白豔紅卻是抱拳問候，非常直率。李廣也抱拳回禮。白豔紅繼續說：「我謹代表飛鳳山向李兄問候。我飛鳳山所有弟兄，已在城外聽候指示。」說話全是男子語氣。

「好！」李廣大為高興，再看過去，天寶寺前早有許多因招英館而有交情的豪傑聚集，彼此問候交換江湖訊息，鬧得原本僻靜的天寶寺竟如同市集一般吵雜。

李廣聽從蕭子世的意見，登高一呼：「感謝各位兄弟看在招英館的面子上前來助陣！有請各路豪傑入寺商議。」

李廣首先說：「各位兄弟，皇上此時已經到河南賞燈，並為永順王慶賀六十壽辰，根據線報，恐怕有人造反作亂。這一次邀集各位，就是為了除奸護駕，為國盡忠！由軍師蕭子世指揮，如果有不遵號令的人，一律軍法嚴懲。」

蕭子世說：「今天出於公事，在下大膽越權，有事

勞煩各位，希望各位大哥大肚寬容，不要怪小弟直言。」

「我們都遵從軍師的號令！」大家異口同聲。

蕭子世又謙讓了一下，才說：「明天兵分二路，分別進擊行宮與永順王府。有勞李廣領頭，率楚雲、徐文亮、張穀三人，各領一隊兵士，在行宮左右埋伏。等待天黑聽號炮聲響行動，立即入宮保護皇上，務必奮勇救出陛下。」李廣等答應謹遵吩咐。

蕭子世又吩咐桑黛：「賢弟，有件功勞要你去辦！永順王有一個兒子名叫朱乾，十分驍勇，平時自稱『無敵大將軍』，還當真是萬夫莫敵，各位兄弟都不是他的對手。但朱乾生平好色，除美人計外沒有其他對策，所以必須仰仗賢弟再次改扮女裝。明天你便假裝觀賞花燈，混入奸王府內色誘朱乾，見機將他殺死。永順王府這邊就由你帶頭。」

大家一聽桑黛又要男扮女裝，噗嗤一笑，齊聲說：「軍師妙計啊！」

桑黛卻是兩頰飛紅：「軍師這也太奇了，什麼計策不用，偏要男扮女裝……如果要美人計，我瀟灑比不上文亮、面容儀態又遠遜於楚雲。如果是楚雲改扮起來，朱乾一見便已銷魂，若再敬他幾杯酒，只怕連刀都不用拔，就可將那賊子媚死。這樣豈不是事半功倍，

哪裡還用得到我？」

「賢弟不要推辭！楚雲營救皇上事情更重要，而且皇上非他去救不可。」蕭子世如此回應。張毅也笑著說：「桑兄何必害羞，男扮女裝的事，你可是最熟練。況且成功之後，裡面的情節也不必細說，只講朱乾是被你所殺就是了。」說得大家一陣大笑。

桑黛無奈只得答應，蕭子世交給他號炮一個：「殺死朱乾後，你一放號炮，大家便會前去接應。」

蕭子世又交代洪錦與白豔紅二人：「白豔紅，妳明天傳令幫眾陸續進城，分成兩隊，妳與洪錦各帶一隊在永順王府前後埋伏，聽號炮接應。奸王有一個女兒名叫飛鸞，這個人一定要豔紅對付。」

蕭子世接著叫甘寧、鄭九州：「你們二人將桑黛衣物隨身帶好，聽號炮搶入王府接應，等桑黛更換衣服後一同合力殺出。」又說：「廣明，你與胡逵二人緊跟我走，明晚另有用你們的地方。」

到此蕭子世已都吩咐妥當，大家也各自領命而去，養精蓄銳，等待第二天行動。

第二天一早，桑黛在白豔紅婢女的協助下換上女衫、繡鞋，並將寶劍貼身藏好，擦上淡淡花香脂粉，頭挽盤龍髻，插著一柄金釵，戴著一對銀環耳墜。桑

黛看了自己一回，想起往事，不禁大笑出聲。

婢女稱讚說：「如果不是這聲大笑，分明是一個絕色大姑娘了呀！」

桑黛端端正正走到大廳，向大家低聲說：「小女子有禮了。」大家初次看見桑黛的女裝模樣，果然是楚楚動人。

楚雲說：「這種嬌媚的樣子，也算世間僅有。可惜裙下一雙大腳，實在不好看。」

桑黛故意細著聲音說：「各位不要嘲笑了，不好看歸不好看，一雙大腳卻比三寸金蓮的小腳舒服多了。」大家不禁哄堂大笑，楚雲更是笑得淚都流了出來。

張穀取笑說：「可恨朱乾那賊子，竟有這種豔福消受如此絕色美人。不如別鬧花燈救皇上了，趁著佳節讓我與桑大姐成就姻緣，夫妻好合難道不是絕妙美事？」

李廣說：「不要胡鬧，該出發了。」

「是！」大家高聲一喊，精神抖擻。

夜幕升起，王府內花燈一盞盞點起，耀眼光明。適逢永順王大壽與元宵佳節，永順王特地大開府門，

讓平民百姓也能入府賞燈。

府內人聲吵雜，許多賀壽奇燈輪流送進王府，桑黛便隨著觀燈人潮一同混入。到了王府內仔細察看，朱乾正坐在銀安殿東邊廊下飲酒作樂，桑黛便故意走近朱乾，搔首弄姿賣弄風情。果然讓朱乾派人上前搭訕，桑黛又裝作一副欣喜的樣子上前。

朱乾貪戀美色，對桑黛毛手毛腳，弄得桑黛心裡怒火三丈，只想快點擺脫。於是又故意問：「小王爺，我實在看膩這裡的燈了，你那裡還有什麼更好玩的嗎？」

這下問得朱乾心癢難耐，這不是肥羊自己送上門，不吃白不吃嗎？便回答：「妳隨我到裡面看看，裡面的燈可是比這裡好看十倍呢！讓妳見識見識。」

「哥哥，這可不成，等一下還有大事要辦呢！」朱乾妹妹朱飛鸞趕來叮嚀。

「去去去！哥哥去去就來，不礙事的！」朱乾還是笑盈盈的邀請桑黛，又叫婢女趕快準備酒席款待美人。

這下子美人計已經成功了一大半，桑黛使盡渾身解數勸酒，只想盡快把朱乾灌醉，早些解脫。果然英雄不敵美人，即便是假美人！朱乾在還有意識時，最

三門街

後一眼是看到身旁這位美人忽然舞起劍來，銀光閃閃媲美花燈點點，但之後的事他再也記不得了。

一聲號炮平地響起。

賞燈的群眾還以為是施放煙火，抬頭一看，卻遲遲不見花火。同時間，王府卻已煙硝瀰漫了。

甘寧、鄭九州早已在永順王府內埋伏，一聽炮號聲響，立刻抽出兵器衝進書房，將衣物拋給桑黛，並守在門外抵擋已經攻來的王府侍衛。

朱飛鶯在外聽到炮響，已知有變，趕緊領著衛士衝進來尋找朱乾，一看書房前有敵人卻不見哥哥蹤跡，料想朱乾已經遇害，悲憤之下金槍耍得奮勇非凡，直衝甘寧、鄭九州而來。甘寧、鄭九州以寡敵眾，哪裡還分得出神來迎接這迅如龍蛇的一柄金槍。

正在驚險的時候，忽然橫來一柄銀槍直插入地，擋住朱飛鶯攻勢。

第十二章 王府起事行宮救駕

只見燈光中閃出一員女將大喊：「飛鸞女賊，妳的對手在這裡！」聲還未停，人已搶到朱飛鸞面前，一把抄起銀槍，順勢回身一掃，朱飛鸞後退半步。

「雲中鳳白豔紅在此！」

這下甘寧、鄭九州二人終於有喘息的機會，不住驚嘆：「看這種氣勢，實在是女中豪傑！」

朱飛鸞看眼前對手氣勢，也不答話，一柄沉甸甸的金槍更是耍得虎虎生風，白豔紅不敢輕敵。又一聲暴吼，只見這兩人已你來我往打得激烈。

這時，洪錦也帶著一幫飛鳳山勇士殺進王府，殺得王府血流成河。

忽然書房門一開，桑黛手中高舉朱乾人頭，大喊：「河南將士聽著：永順王父子大逆欺君，圖謀不軌，罪不可赦！我們招英館兄弟帶領十萬雄兵到此，捉拿永順王奸賊父子，為國除奸。朱乾這麼驍勇也被我桑黛殺了，你們趕快投降，可免一死！」說得大多數兵

卒是魂飛魄散無心戀戰，只剩下一些人依然拚死抵抗。

朱飛鸞正與白豔紅殺得難分難解，忽然聽到桑黛這麼一說，又加上哥哥已死，一陣心酸，淚如雨下，槍法大亂，全靠猛勁支持。白豔紅看得清楚，一槍挺進，銀槍纏著金槍繞了好幾個圈，再往外一帶，將朱飛鸞猛勁全卸了開來，同時之間也震飛了金槍。白豔紅趁勢一個迴旋，銀槍在半空劃出眩目的月牙後，重掃失去武器的朱飛鸞。朱飛鸞跌坐在地，立刻被幾個飛鳳山女婢捆綁。那些原本還在死戰的王府將士，眼看朱飛鸞也被擒住，心裡膽怯，紛紛敗下陣來。

另一方面，行宮內還是紅燭高燒、清歌妙舞，人聲鼎沸，熱鬧非凡。正德皇帝坐在主位，身後有他最寵信的劉瑾，其他的人分別坐在兩旁，一邊是幾位隨行的大臣，另外一邊則是永順王。

永順王以壽星之名不斷敬酒，在歡愉的氣氛中，正德皇帝早已開懷暢飲，有了幾分醉意。

劉瑾見皇上與朝臣毫無戒心，使了一個眼色給永順王。永順王意會，高舉手中金杯，假意敬酒，卻忽然摔到地上，「哐啷」一聲清脆。

立即從大柱後轉出兩個人，手持兵器，來勢洶洶。這時正德皇帝還沒發覺異狀，兩人已經殺了上來。文

官沒有一個不被嚇傻了眼，只有一個將軍急中生智，將宴席上的杯盤當作武器，往二人擲去，急叫：「皇上快走！」

只是這時<u>正德</u>皇帝已嚇得腿軟，起不了身，只能在座位上大喊：「侍衛！有刺客！」

<u>永順王</u>大笑：「昏君哪裡走！從今以後，我的生日便是你的忌日！用不著喊了，省省力氣留到陰間趕路吧！這裡可不是京城，你喊來的也都是我的人馬！」

笑聲未停，<u>楚雲</u>、<u>徐文亮</u>二人手持寶劍衝了進來，急忙往<u>正德</u>皇帝奔去，大罵：「無恥奸賊！」

<u>永順王</u>瞬間臉色大變，原本以為衝進來的會是自己的人馬，如今卻是不知打哪兒冒出來的敵軍。

二名刺客大吃一驚，顧不得眼前杯盤亂舞，仗著比<u>楚雲</u>、<u>徐文亮</u>距離<u>正德</u>皇帝更近的優勢，想搶先一步了結他的性命。眼看刺客舉刀就要砍下，忽然梁上<u>張穀</u>飛來暗器，刺客舉刀一擋。

<u>楚雲</u>已經爭取到時間，飛躍至<u>正德</u>皇帝身旁，「鏘鏘」兩聲刀劍交錯，隔開二人。<u>張穀</u>也飄然而下，扶起已經腿軟的<u>正德</u>

101

皇帝；徐文亮接著趕上，與楚雲一前一後，仗劍護住正德皇帝。

楚雲大怒，橫眉怒目一步搶在刺客二人面前，彎腰下沉，手中寶劍一揮，二人的武器已斷，而他們的人生也斷了。那劍橫停在半空之中。

大家這才注意到，原來楚雲那柄劍，竟是一柄鋒利無比的斷劍：名劍「魚腸」。當年斷劍刺王僚，如今出鞘為保皇。

這時，門外才衝進大批永順王的人馬，氣得永順王大喊：「將他們全圍起來！」

楚雲大吼：「兄弟們，我們殺出去！」徐文亮、張穀答應一聲，準備衝出一條血路。

楚雲揮舞手中寶劍「魚腸」，猶如蛟龍出水，首先殺出。那些兵卒碰到魚腸，非死即傷，包圍的陣式已被楚雲砍出一條縫隙來。

永順王見大勢不妙，又傳號令：「所有伏兵全力進攻，不要讓那昏君活著逃出行宮！」於是號炮響起。伏兵由大將畢天虎領軍，往行宮浩蕩前進。

畢天虎來到行宮門前，只見門口橫著一柄青龍偃月刀，一個人巍巍站立門前，後面還有一支部隊堵住門口。那人高喝：「招英館李廣在此！有誰敢越雷池一

三門街

步？」

畢天虎回說：「好個無知小子，今天我畢天虎便讓你招英館改名招魂館！」說完提刀帶著兵士衝殺上來。李廣也舉刀迎戰。

兩人錯身而過，只交手一刀，青龍偃月刀砍得畢天虎虎口出血，還未回神，李廣轉身一刀，畢天虎人頭落地。

守在宮門前的各路英豪，士氣大振，一聲大吼之下蜂擁而上，殺退畢天虎的部隊。

李廣在兵馬之中隨意砍殺，衝出重圍，掉頭往大殿而去。

正搶進宮門，已見裡面英雄一齊殺出。當頭的楚雲一身分不清是敵人還是自己的血紅，揮著魚腸還在奮戰。後頭的徐文亮將湛盧舞成一張黑色劍網，密不通風，抵擋身後的追兵。矮小的張穀一邊頂住正德皇帝孱弱的步伐，一邊雙手不停的在低矮處暗自使著小小的匕首，偷殺幾個是幾個。

楚雲一見李廣，欣喜得大喊：「李大哥，快來保護皇上！」李廣一聽，急忙殺出一條血路，衝上前去。原本的隊伍忽然加入了李廣，立即戰力大增，所到之處永順王人馬無不人仰馬翻。

這時，桑黛、甘寧、鄭九州等也從永順王府趕到，加入戰局。桑黛高喊：「賊子朱乾已經死了！」大家一聽，立即精神百倍，開出一條血路護送正德皇帝往宮門口而去。

廣明手持金剛法杖正在門口與畢天虎的殘餘兵卒交戰，遠遠望見李廣等人奔來，直嚷嚷著：「快上馬！俺奉蕭軍師號令，請各位保護皇上前去王府休息！」

胡逵牽來幾匹好馬，持刀守在旁邊。經歷這場腥風血雨，正德皇帝嚇得幾乎要昏厥過去，不停的顫抖，哪來力氣上馬？李廣只好一手抓著他的衣領，一手抓住他的腰際，將他提上馬去。等他狼狽上馬，其他人各自翻上馬匹，正要衝殺出去，哪知旁邊突然插出一根鋼矛，一員鐵甲銅盔的浴血猛將攔住去路，大喝：「振天雷在此！趕快束手就擒！」

振天雷後面突然冒出一人，竟是不知哪兒冒出來的史洪基，大吼說：「李廣，你們這群江湖賊人想趁亂將皇上綁到哪裡去？還不快放了皇上！」

聽見行宮內兵士嘶吼喊殺聲漸漸近了，李廣急忙回答說：「史丞相，我們今天只是為保護皇上而來。永順王府逆賊已經肅清，請丞相相信我，快點放行，一同保護皇上前往王府避禍。」

史洪基沉思了一下，聽追兵的聲音越來越近，回答說：「好！就相信你一次，當朝第一猛將振天雷在此，諒你也不敢亂來。」

李廣馬上吩咐：「胡逵、甘寧、鄭九州，你們三人隨振天雷行動，護送皇上與史丞相盡速趕往王府。其他人留下隨我一同殺賊！」

於是，振天雷領著正德皇帝與史洪基，隨同護衛的招英館人疾馳而去。其他人又舉起兵器，重新殺回戰場。

只是當聽見馬蹄聲漸行漸遠，李廣隱隱覺得自己似乎遺忘了什麼。

第十三章 受賜封賞亭下機鋒

行宮內殺聲四起，遍地哀號。這一戰是招英館成立以來最壯烈的一次。

「捉住劉瑾！捉住永順王！」招英館群雄大聲高喊，抖擻士氣，聲勢壓倒了那一隊隊已失了目標的兵士們——皇上逃出，他們已經不知道為誰而戰了。

但是永順王的人馬卻依然奮力死戰毫無退意，這點讓在人數上居於劣勢的招英館群雄頗感吃力。而且沒有人看見劉瑾或永順王的蹤跡，二人就像是平空消失了一般。

這一切都讓李廣心裡非常不踏實：這裡已經宛如一個空殼。雖然是他們圍住了永順王的兵馬，但卻像是他們被困在這裡。李廣重新仔細思索：永順王這次行動的目的並非為了殲滅招英館群雄，而是弒君叛國。那麼永順王應該會設法劫走皇上，或是另外安排伏兵阻斷皇上的去路，而不是要兵士在這裡頑抗。莫非這是調虎離山之計？莫非……

「啊，大事不好！」李廣靈光一閃：「桑黛這裡交給你領軍，目標是安全脫困。楚雲你快跟我來！」楚雲來不及細問，李廣已奪來馬匹，兩人急急忙忙的衝出宮門而去。

「李大哥怎麼了？」楚雲在馬上這麼問。

「恐怕史洪基也是叛黨，振天雷才是最後殺手，剛才看他身手，就算是甘、鄭、胡三人聯手也不是他的對手。如果真是如此，我剛才便犯了一個天大錯誤！皇上命在旦夕了！」

「趕得上的。」楚雲臉色大變，喃喃自語。安慰李廣也安慰自己。

這時，護送正德皇帝的隊伍正快馬加鞭。黑夜裡月光朦朧，路上除了馬蹄聲外，一片死寂。

「哎唷哎唷，震死我了，都是史丞相你規劃不周才讓叛軍得逞。如果不是這樣，我也不用受這種顛簸之苦！」正德皇帝在馬上不停哀號、數落。

這時前面帶頭的振天雷忽然停下馬，鋼矛轉身一橫，煞不住馬的胡逵迎頭撞上銳利鋼矛，鮮血狂噴，已經死去。

甘寧、鄭九州看到這種狀況拔刀大吼：「振天雷你

做什麼？」

振天雷並不回話，高舉鋼矛，月光下矛鋒冷冽。他大吼一聲：「讓開！全都給我下馬！」氣勢驚人。

「你這昏君！荒廢國政以致民生凋零。那永順王比你賢明許多，只不過因為世襲制度無法得到皇位，卻讓你這無能的傢伙擁有無上權力，讓黎民百姓全都處在水深火熱之中，你罪該萬死，我今天便要為天下百姓除害！」說話的卻是史洪基。

「哎唷！史丞相，你有什麼不滿，我們可以好好說，不用這樣動刀動槍的，你看多危險呀。你想要什麼，我全給你就是，不用要了我的命嘛。你說，你要什麼？黃金萬兩？美人三千？這都好商量。我可是皇上呢，你要什麼我全都能給你！」

史洪基長長嘆了一口氣：「昏君啊昏君！死到臨頭還不知道自己的罪過！振天雷，動手吧！」

「慢著！」振天雷舉刀正準備下手，忽然聽到一聲巨響轟然而至。聲音還在迴盪，李廣、楚雲已經如天降神兵一樣雙雙趕到，李廣中氣十足的喊著：

「史洪基你做什麼！以下犯上，大逆不道，你這奸賊！」

史洪基望著李廣這不知

哪裡殺出來的程咬金，嘆氣的說：「李廣，你看看這昏君的樣子，救他幹什麼呢？」

「人人都應當盡忠報國。我李家忠心耿耿，為國為民。國家不可一日無君，保護皇上是我應當做的事！」

「如果皇上是害國害民的人呢？」

「昏君？明君？這個很難有定論，留給歷史評斷吧！但是，反叛弒君，絕對是大不忠的事！臣如果不忠，豈不是連畜生都不如！」

「唉，李廣，你是個人才，你父親也是條好漢，只可惜生錯時代，你們都看不清大局。忠心耿耿、忠心耿耿，哈哈哈……算了算了，有你們這種人在，就算殺了皇上，也救不了國，算了算了。」史洪基轉身便要離去。

「不准走，我要捉你這罪不容赦的奸賊回去！」李廣舉刀便要攔住史洪基。

忽然，振天雷一聲暴吼，丈八蛇矛一迴旋壓得李廣手中的青龍偃月刀沒入了土：「我振天雷在這裡，誰敢留人！」

李廣想抽刀回擊，刀卻紋風不動。眼前這個人恐怕合四人之力也不是他的對手，只能默默看著史洪基與振天雷騎馬而去。

不過，至少是保住了皇上性命。

回到朝廷後，正德皇帝召見招英館有功的群雄封賞。

楚雲奮勇救主第一大功，封為忠勇侯；李廣獨擋宮門單刀救主，封為英武伯；蕭子世神機妙算，調度有方，封為神機軍師；桑黛力殺朱乾，威懾敵軍，封為鎮國將軍；張穀、徐文亮保護有功，都封將軍；廣明封為威烈禪師；洪錦封為將軍；白豔紅與甘寧、鄭九州都封為總兵；胡逵與陣亡將士，也另外追賞。並下令緝拿史洪基、劉瑾、永順王。

范其鶯聽了事情的來龍去脈，除了為天祐皇上高興，也為招英館群雄感到歡喜。他憂心叛黨沒有勦清，尤其史洪基心機很深，不露聲色，走得這麼瀟灑，加上朝內史洪基黨羽眾多，只怕事情還未結束。所幸招英館一幫還未受官場文化汙染的能人勇士入朝，短時間內應當可以跟叛黨抗衡。

這一晚，楚雲與李廣在招英館花園亭下飲酒。

「我們二人能在這裡喝酒，人生也應該沒有遺憾

了？」李廣忽然這麼感嘆。

「李大哥今天為何這麼多愁善感？」

「我只是在想，我忠心為國，如今能夠在朝廷奉獻力量，總算不辱父命。而這一切都是從這個地方開始的。今天我們一個是忠勇侯、一個是英武伯，都是因為當初在這裡創立了招英館，結識了許多英雄好漢，尤其是那料事如神的神機軍師蕭子世，如果不是他掌握了趨勢和機會，只怕我們這群『江湖中人』還在這裡枯坐，白白感傷國事，無法飛黃騰達……」

「只能說冥冥之中，自有天意。」

「說到天意……」李廣從袖中掏出一個卷軸，正是當初從太白金星那裡得來的英雄錄，接著說：「我也不瞞你，其實當年我得到英雄錄，便依著這上面所繪的人像識人，如果有面目相近的，都結為朋友。你看，上面有所有招英館兄弟的畫像。這是桑黛，這毫無疑問是廣明，這個是張穀，而這一副運籌帷幄模樣的一定就是蕭子世了。這些人註定是要幫助我成就大事的，英雄錄是最好的憑證。你說，這世上真的是有天命這種事吧？那真的是不可違抗的。」

楚雲微笑默默點頭，並沒有回話。其實他看見英雄錄上那一個個栩栩如生的人像時，便嚇傻了。

李廣見楚雲並不回話，接著說：「這些年來我最懷念的地方，便是這裡，你與我在月色之下的花園之中喝酒。你是我最信任的人了，所以才跟你說這些話。只是……」

　　「只是什麼？」楚雲藉著提問來掩飾心中不安。

　　「只是我還有兩件事放心不下。一是徐文炳，他一個文人，無法隨我們這幫武人前去保護皇上，立下大功；一是我在英雄錄上始終找不到你的畫像，而這英雄錄上有一人，明明身居要職，至今卻遲遲沒有出現。更怪的是，這個人身穿裙裝。」李廣停了一下又說：「楚雲，你告訴我，你究竟是男是女？」

　　問得楚雲冷汗直流，沉默了好久。忽然問：「李大哥，你倒是先告訴我，為何明明是白豔紅活捉朱飛鸞，卻是洪錦受封將軍，白豔紅只封總兵？」

　　李廣啞口無言，他從未想過這個問題。而楚雲如此回應，也算是給了他一個答案。

三門街

第十四章 楚雲自白文炳奪魁

就在這個時候，忽然僕人傳報一個老夫人有事求見李廣。李廣與楚雲停止談話，直奔大廳，只見廳中有一位拄著拐杖略顯駝背頭髮花白的老夫人，而蕭子世則是面露神祕微笑的立在旁邊。

「這位老夫人，有什麼我可以幫得上忙的嗎？」李廣這麼問。

「李英雄！我聽幾位朋友說您古道熱腸，招英館裡能人眾多，個個都是好漢。我年歲已大，又有老毛病，恐怕來日不多了。這輩子還有一個心願尚未完成，希望李英雄幫忙。」老夫人有氣無力，講話時不停咳嗽。

李廣急忙上前攙扶老夫人，客氣的說：「您說這是什麼話？只要義之所在，我李廣一定想辦法幫您辦到。」

「謝過李英雄！謝過李大人！」才說著，又想拜倒。一邊的楚雲示意李廣將老夫人扶到椅子上坐好，又叫僕人沏上一碗熱茶，說：「來！老夫人這邊坐，喝

口茶，我們慢慢說。」

老夫人這才平心靜氣慢慢說：「我本來有一個女兒，十歲的時候，有一天由奶媽帶著出門玩耍，誰知道就這麼被人拐走，從此毫無消息。如今不知流落在哪裡受苦。唉！如今我年歲已高，別無所求，就只希望有生之年能見到女兒一面，知道她過得好、能嫁個好丈夫，我便能安心去了。」說得句句懇切，聲淚俱下。

「天下這麼大，而且事隔多年，找一個人實在有如大海撈針。不過，老夫人不必擔心，咱們招英館別的沒有，就是人多。這件事我們一定盡力替您辦到！楚雲，妳說是不是？」李廣爽朗的回答，卻遲遲沒聽到楚雲回答，回頭一望卻只見楚雲眼眶已經泛紅，似乎要掉下淚來。

蕭子世看在眼裡，趕緊上前接話，對老夫人說：「老夫人不要擔心，您的女兒如今過得非常好，未來一定有相逢的日子，如今只是緣分未到。」

李廣聽蕭子世這麼一說，也接話安慰說：「這位蕭先生斷事如神，說的沒有不靈驗的，如今他這麼說，您一定可以找到女兒，老夫人暫且放寬心，靜待好消息吧！」說完，便扶著老夫人緩緩出門，吩咐僕人送

三門街

她回去。

送走老夫人後，李廣與楚雲繼續回到花園喝酒。

「女兒大不孝啊……」才到花亭，楚雲雖強忍淚水，卻仍不禁感慨。

「怎麼了？」李廣輕聲問。

「剛才那位老夫人，讓我想起母親。母親或許也像那位老夫人一樣苦苦思念我吧。」

「那去見見妳母親就是啦。」李廣想都沒想的說。

楚雲閉眼不答，很久才睜開眼睛對李廣說：「李大哥，我老實對你說。其實我本來姓雲，小字顰娘，已經去世的父親是前翰林學士雲政，我母親則是范其鸞的妹妹。我小時候就如同那位老夫人的小女兒走失的情形一樣，後來被一個楚姓人家收養。如今我已經以男子楚雲的身分獲得皇上賜封忠勇侯，如果我又以女子雲顰娘的身分見我母親，只怕消息走漏，到時候，我必定犯上欺君大罪。」

楚雲喝了一大口酒，接著說：「所以我恨。我恨為什麼女性便不能當上將軍；我恨為什麼我一定要扮成男裝才能獲封忠勇侯；我恨我為什麼當上了忠勇侯便不能以女兒的身分去見我母親；我恨我既然是國家棟梁為國盡忠，為什麼不能回復女兒身以盡孝；我恨為

什麼女人在朝中永遠不能被公平對待，我們女人也一樣想為國盡力呀！如今，我如果為了盡孝回復女兒身，那扮男裝努力得來的一切全都要毀了，或許還會連累全家。」

李廣吃驚得說不出半句話，不僅僅驚訝楚雲也是大臣的後代，也赫然發覺原來男女身分轉換之間有這麼多難處。

「以後，楚雲實是雲鬟娘這件事，永遠只是個祕密。」話還沒說完，一滴淚水已翩然而落，從那女子柔情的眼眸始，落在那男子般堅毅的臉龐上。

但是楚雲並未哭出聲來，靜默的氣氛籠罩著整個花園。

好久好久，李廣才出聲打破這凝固的沉默：「我了解了。我會為妳保守這個祕密。」

時光過得飛快，轉眼到了二月，正是全國各地考生齊聚京城考試的時候，徐文炳自然也在這個行列！

二月初九，徐文炳在大家激勵之下，與來自全國各地的考生一同進入考場，隨著考場大門緩緩闔上，就此展開長達九天的考試。考試共分三場，第一場考四書五經、第二場考實用文體寫作、第三場則是政論。

每個人紛紛攜帶著自己的文具，被帶進一個個長五尺、寬四尺、高八尺，好像牢籠的小房間，獨自面對紙筆奮戰。

結束了緊張的考試後，放榜的時候終於到了。所有考生自然都在期望金榜題名，沒有一個不是提心弔膽、坐立不安的。這個說：「夢醒了，夢醒了，又是白忙一場！」那個說：「絕望了！絕望了！三年以後再來。」只有徐文炳坐在一邊面色如紙，低著頭不發一語。

忽然聽見一片鑼聲，大聲報說：「錢塘徐文炳高中第一名！」徐文炳一聽見急忙向外跑去，哪裡知道歡喜過頭，卻忘了門口有一道門檻，於是這麼一絆，身體一傾跌了一跤，所幸手還先撐著地，否則便要跌個狗吃屎了。徐文炳站起來後自知失態，羞得漲紅了臉。

狀元郎徐文炳坐馬上，隨著鼓樂隊伍，熱熱鬧鬧的走在三門街上。

李廣站在家門口，看著徐文炳得意洋洋的模樣，露出了滿意的笑容。這下子當初一起打拼的兄弟們全

都有了好的發展，文炳雖然還要好幾年的時間，在官場慢慢的往上爬，不過能考上狀元實在不簡單，要在那麼多優秀的人才中脫穎而出，一定要有真工夫。比起他們這一夥靠著機運瞬間翻紅的武夫，文炳顯然是踏實得多了。

在鞭炮煙幕中，李廣看著眼前三扇朱紅色的厚重大門，心有所感：三門街之名，便是因為這三扇大門而起的。當年的三門大家，如今也都換上了年輕的一輩能人。原本左丞相史洪基的宅院，在史洪基反叛被抄家通緝後，賜給忠勇侯楚雲居住。

想著想著，他忽然想起史洪基那時說的：「如果皇上卻是害國害民之人呢？」

在朝廷這段日子，李廣深刻了解，即使他自己是抱持著為國為民的心態做事，但是上面若是無心，他是什麼都做不了，甚至還得奉命去執行一些多年以後或許會造成人民禍害的「決策」。

恍然之間，他好像能夠了解史洪基弒君的想法，那或許是最快速、最有效的辦法。這個人不行，便換另一個比較賢明的人吧。

只是弒君依然是不對的事吧？如果有了要換去皇上的想法，豈不是不忠了？那是有違父訓，也是有違

三門街

道德禮儀的。古人說「君君臣臣」。即使君無君的模樣，臣也該有臣的本分，不是嗎？

弒君，<u>史洪基</u>必定是奸賊。

對了，<u>史錦屏</u>如今不知是否一切都好？她知不知道她父親的消息？她又會是什麼心情呢？

第十五章 出師紅毛初試啼聲

　　這一日是七月初一，天子上朝，百官站立兩旁。忽然太監急急忙忙上來，說：「啟稟皇上：廣東傳來紅毛國興兵侵犯邊境的消息，請求朝廷火速調派雄兵前去剿滅。」皇上一聽大驚失色。

　　范其鸞一聽已經知道，一定是史洪基叛國不成，勾結紅毛國作亂，實在是不達目的不肯罷休。他趕緊說：「紅毛國雖然向來蠻橫，不過這麼久以來倒也相安無事，如今突然興兵侵犯，恐怕是受奸賊劉瑾、史洪基等人慫恿。雖然紅毛國大軍前來，不過倒也不足為懼，只是朝廷第一大將振天雷隨史洪基反叛後，朝中將領恐怕難以抵擋，依老臣看來，除了李廣之外恐怕無人可以勝任這個任務，尚請陛下裁奪。」

　　正德皇帝聽了之後大喜過望，對范其鸞說：「就依你所說的，我準備派楚雲為元帥，率領將士，挑選雄兵，立刻前往邊境迎戰，擒拿叛賊。」

　　范其鸞又說：「臣聽說招英館群雄平常非常推崇李

廣，況且當初他們保護皇上立下大功，都是聽從李廣指揮。雖然楚雲立有大功，但如果忽然推舉楚雲為元帥，只怕人心不服，何況李廣嫻熟兵法謀略，如果能以李廣為元帥、楚雲為副元帥，必能大獲全勝。」

正德皇帝聽完，心裡有些不高興，但想想依范其鸞說的也不是不行，反正小小的紅毛國能對大明帝國構成什麼威脅？實在不用與范其鸞再多費唇舌，多一事不如少一事，因此不在乎的說：「事情就這麼決定了。」立即頒布聖旨：「封李廣為天下招討平蠻大元帥，楚雲為副元帥。所有軍務，完全聽李廣指揮調度。」說完便轉身離開。

到了出征的那一天，李廣率領副元帥楚雲、軍師蕭子世、左先鋒桑黛、右先鋒徐文亮，以及所有將士祭軍旗出征。十萬雄兵一路上浩浩蕩蕩往廣東行進，所到之處絲毫沒有侵擾百姓，可見李廣軍紀嚴明。

到了廣東，偵探了敵情，原來紅毛國元帥名叫薩牙叉、副元帥仇恩贊、先鋒孫鶴麒麟凱，手下大將四名：薩里東、薩里西、薩里南、薩里北。

李廣讓大軍先休息一天，養精蓄銳。

第二天，李廣對將士們說：「今天與紅毛番人交戰，務必要先挫挫他們的銳氣，哪位將軍願意前去？」話未說完，只聽見一聲宏亮的聲音：「廣明我去。」

李廣皺了一下眉頭，說：「廣明，你修法那麼久了，怎麼還是事事爭先，絲毫沒有禪師的樣子？這第一次交戰務必要勝他，千萬不可粗心吃了敗仗，給你三千兵馬，立即出戰。」廣明退下。李廣又叫來洪錦，吩咐說：「廣明有勇無謀，我怕他輕敵而吃了敗仗，你一同前去助陣，務必與他合力取勝。」洪錦一聲「遵命」，隨即與廣明帶領三千精兵出城而去。

李廣與楚雲、蕭子世一起登上城頭，觀看敵營。只見敵營內軍旗密布，殺氣騰騰。李廣看了之後，為了安定軍心，故意笑著對將士們說：「敵兵雖多，不過我看他們隊伍不整齊，多半是烏合之眾，如果用奇兵偷襲他們，必定勝利。」

話才說完，只見戰場上廣明單槍匹馬往敵將奔去。李廣才要大罵，廣明已經砍落一員敵將。其餘敵兵見了，卻居然毫無退意，立刻吶喊一聲，蜂擁過來將廣明團團圍住。廣明毫不懼怕，一把金剛杖左衝右突，如入無人之地。

忽然又有一員敵將飛馬而來，亮晃晃的大刀直往

已殺得興起的廣明背後而去。

這時落在後頭的三千精兵及時趕到,洪錦首先衝上前去,瞄準往廣明而去的敵將,雙刀齊飛,直直插在措手不及的敵將咽喉上。敵營折損了二將,敗象已現,急忙退兵。洪錦才與廣明會合,正要將敵人殺個人仰馬翻,李廣在城頭上卻看得眉頭緊皺,怕他們二人追得深了,引得敵營傾巢而出那就不好,急忙傳令收兵。

洪錦與廣明回營,李廣不等二人報捷,只說:「兩軍初次交戰,兩位將軍雖為我軍贏得首功,但廣明過於冒險,所幸洪錦及時趕到救援才免於落敗,日後還需謹慎才好!」

第二天一早,李廣命令左右先鋒:「桑、徐兩位先鋒率領兩千人馬,前去敵營叫戰,讓本帥看看敵人虛實。」

桑黛、徐文亮二人立即帶了兵馬,衝出城門直往敵營而去。桑黛一馬當先來到敵營門口,大喊:「天朝大元帥部下左先鋒桑黛在此,誰來跟我挑戰!」

忽然一個敵將手持鋼叉飛出:「掃南大元帥部下先鋒孫鶴麒麟凱,今天取你性命來了!」

話一說完,一把鋼叉已與桑黛的方天畫戟交戰起

來。兩人大戰了六十回合，仍然不分勝負，彼此身後兵器交擊之聲，也不絕於耳。

徐文亮在後觀看，心裡暗想：「這敵將本領不小，竟能跟桑兄接連對敵，不愧棋逢敵手，將遇良材！」看他二人又鬥了幾個回合，徐文亮知道桑黛無法取勝，隨即抽箭拉弓，對準孫鶴麒麟凱一箭射去。

孫鶴麒麟凱正與桑黛殺得你死我活，聽到箭聲劃空而來，急忙揮叉抵擋。但就這麼一擋，胸前大開，桑黛把握大好機會，對準破綻一戟直戳他的心窩。孫鶴麒麟凱來不及防護，翻身落馬，一命嗚呼。

徐文亮見桑黛刺死孫鶴麒麟凱，士氣大振，趁勢揮兵殺了過來，殺得那些番兵沒命的四散奔逃。

桑、徐二人得勝回營，看見李廣安穩坐著，好像胸有成竹。李廣高興的說：「兩位合力殺了敵方先鋒，大功一件，等功成之後必定論功行賞。本帥剛才察看這裡的地勢，與軍師共同籌劃了奇計，已經有勝敵的方法了！」說著便攤開地圖，召集所有將領，在地圖上比手畫腳，分派埋伏兵馬。

「明天便是我軍大勝的日子！」李廣大喊，將士歡聲雷動。

第二日，李廣親自率領張穀與一萬名兵卒，在城

三門街

外列陣。敵營也在軍營前列隊整備。大戰即將展開，肅殺之氣壓得人喘不過氣來。

李廣騎馬提刀，首先發聲：「番營主帥薩牙叉在哪裡？」

薩牙叉威風凜凜拍馬上前大喝：「你是什麼人？報上名來！」

李廣將薩牙叉全身上下看了一遍，那薩牙叉身高約九尺，一頭黃髮，深陷的眼眶中嵌著惡狠狠的一雙碧眼。

李廣回答：「你聽好了。本帥是大明天下招討大元帥英武伯李廣！我們兩國之間素來沒有怨仇，為何無緣無故興兵侵犯？莫非是你們大王受了劉瑾、史洪基的蠱惑？」

李廣尚未說完，薩牙叉便搶著說：「胡說！我們大王聖明絕倫，哪裡會因亡命之徒的一兩句話便大動干戈。你們的人民抱怨昏君的話，聽得我們大王耳朵都要長繭了，所以才大發慈悲，替天行道，拯救萬民於水火之中！」

「少在那邊說大話！你們已經連吃了兩次敗仗，又折損了一個先鋒，應該知道我大明軍隊精實強大，不是你們所能匹敵的。不如你立即退兵，並且將劉瑾、

史洪基一班奸賊押來給我，本帥就饒你一條小命！」李廣又說。

「小小勝仗也能讓你如此吹噓。你這個乳臭未乾的小子不知道你爺爺我的厲害，今天便要叫你跪在我面前求饒，看是誰饒誰一條小命！」薩牙叉毫不示弱，巨眼圓睜、雙眉倒豎，大吼一聲。

「執迷不悟。」李廣大喊一聲，右手一個手勢命令張穀出馬。薩牙叉也派大將薩里西出陣。

薩里西拍馬衝出，見張穀雖然手上兩柄尖刀不斷揮舞，但身形矮小，而且沒有穿戴盔甲，身上只穿一件大袖飄飄的衣服，根本是個公子哥兒，哪裡像是大將。

薩里西大為疑惑，大喝說：「你這胎毛未落、乳牙未脫的黃毛小子，也敢來戰場上。看本將軍打得你哭爹喊娘！」說著，一槍往張穀刺來。

張穀也不回話，依然笑嘻嘻的迎向利槍。眼看長槍將毫無阻礙的刺中張穀，薩里西正高興一招就殺了敵將的時候，卻忽然不見張穀身影。

只見張穀一會兒出現在薩里西的右側，一會兒出現在他的左側，忽隱忽現，又不斷叫喊挑釁，儼然是小孩子在玩捉迷藏，把薩里西戰得汗如雨下，一槍也

三門街

不曾刺中過。

　　薩牙叉眼看自己的大將被對方一個小孩當猴子耍，簡直不成樣子，大怒之下，喝令全營兵將傾巢而出，自己也揮舞著狼牙棒直衝敵陣。李廣看見，立即快馬上前助戰。兩邊兵卒殺得沙塵漫天，屍橫遍野。

　　這時，傳來連聲炮響。

一第十六章 番國續援女中豪傑

炮響隆隆震耳。

薩牙叉大叫:「不好,中計了!」話還沒說完,四面八方喊殺之聲,如山崩地裂一般傳來。只見甘寧、鄭九州從左邊,楚雲從右面,後面有徐文亮,三人各帶一支部隊合攻殺到。加上正面交戰的李廣、張穀,六員猛將,四萬雄兵兵分四路衝殺過來。

李廣軍隊一下子便破了敵營,繼續朝薩牙叉部隊殺去。薩牙叉兵士為數眾多,但這時反而指揮不易,陣式來不及轉換,只能眼睜睜看著部隊後背與側面被李廣的三面伏軍如利刃一般突刺而入。

李廣軍隊士氣大振,一陣廝殺,把那些敵兵殺得四散奔逃,沒了命似的逃走。

薩牙叉帶領殘兵敗將逃到飛雁谷外,見後頭追兵已遠,這才驚魂稍定。這時已經是深夜時分。薩牙叉不愧大將風範,立刻恢復冷靜,重整軍馬,緩緩入谷。看到飛雁谷地形險峻,突然大笑說:「李廣雖然用奇招

打敗我，但畢竟年輕，用兵還差一著。這飛雁谷狹長不利於行軍，高低落差大不利於作戰，又是我們部隊回去必經之路。要是我，一定在這裡設一隊弓箭伏兵，輕易就能殲滅敵人，立下大功。」

話剛說完，又聽連聲炮響，剎那間，煙塵如霧揚起，兩邊崖上燈火齊明。

崖上一名銀盔白馬將軍說：「天朝大元帥部下左先鋒桑黛，奉元帥命令在此等候很久了。放箭！」霎時箭如雨下。

薩牙叉再也笑不出來，只嚇得差點沒跌下馬來，急忙快馬加鞭，奪路而逃。後面兵士見主帥逃走，亂成一團，個個拋戈棄甲，互相踐踏而死的，不計其數。

薩牙叉逃到谷外，見桑黛沒有追來，便回頭清點人馬，所幸將領都未損傷，只是兵卒又折損了一半。薩牙叉立即決定連夜趕往東海回國求援。

到了東海邊，見夜裡風平浪靜，四周靜寂無聲，便讓一班早已疲累不堪的殘兵敗將就地休息，等待天一亮立即返航回國。薩牙叉看見一班兵卒士氣全無的模樣，竟笑著說：「李廣這小子出奇兵打敗我，也算是人中龍鳳。這東海邊後無退路，如果是我，命令一隊伏兵在這裡等候，豈不是可以大獲全勝？」身邊幾名

將領一聽薩牙叉這麼說，無不苦著一張臉，之前元帥一笑引出桑黛，這次再笑，只怕是真的要笑赴黃泉了。

　　果不其然，又傳來炮聲索魂。

　　這時，李廣在營中嘉獎將領功勞，高興的說：「我軍大獲全勝，就等洪錦、白豔紅將敵軍主帥擒來，大功告成，便可以凱旋回國了！」大家都欣喜若狂，只有蕭子世冷冷的說：「天有不測風雲，人有旦夕禍福。小弟預料敵軍到山窮水盡的時候，自然會有人前來救應，暫且等等消息。」李廣向來佩服他的妙算，就算話並不中聽，也只能連連說是。

　　回頭說這時東海邊的戰事。天外炮聲又響，嚇得薩牙叉暗掌自個兒嘴巴。洪錦、白豔紅已經率領大軍到來，將薩牙叉兵馬全圍在海邊，毫無退路。薩牙叉沒有辦法，只能奮力抵抗，拚命左衝右突，想要衝開一條血路，但一群殘兵敗將哪裡衝得出重重包圍？忽然之間又見遠遠一隊精兵冒出，薩牙叉已經絕望，仰天長嘆說：「我要戰死在這裡了。」卻見這隊精兵竟與李廣軍隊交戰起來，剎那間，海上浮現許多船隻，燈火齊明，一張張寫著米字的軍旗飄揚在黑夜之中。薩牙叉才發現原來是大王親自率領大軍前來援救，真是喜出望外。

洪錦見敵軍有援兵前來接應，便要前去迎敵，白豔紅卻喝止他：「萬萬不可，援軍出乎意料，我們不知敵方虛實，輕敵而無謀則必敗無疑，不如退兵回營，向元帥稟告一切，再商議如何應付。」洪錦覺得有理，立即退兵回營。

洪、白二人回營後向李廣報告一切，李廣除了佩服蕭子世料事如神，也讚許白豔紅見機行事的智慧。只是，聽見紅毛國大王親自率大軍前來救援，李廣暗嘆：這場戰爭恐怕無法輕易結束了。

第二天，偵察的哨兵報告：「紅毛國增援的兵馬，已在城外二十里的地方紮營。」

李廣正準備與蕭子世商議攻敵策略，又有報告說：「敵營有一名女將前來叫戰。」

李廣看看左右問說：「女將？哪位將軍要出陣迎戰？」只聽廣明再度搶先答應：「本禪師願意前去！」

廣明一到戰場上，對方已經揮舞著一柄雙頭劍棍大喊：「我是大紅毛國公主米飛雲！哪位將軍來跟我挑戰，趕快報上名來，本公主不殺無名小卒！」

廣明一聽對方是位公主，便譏笑說：「對面的小公主，俺是天朝第一威烈禪師廣明。妳既然是一個弱女子，就該閉門不出，怎麼竟帶著兵馬前來廝殺？」說

著拍馬上前迎戰。

　　兩人交戰不過幾個回合，廣明已被殺得兩臂痠麻，在心裡暗說：怎麼俺平生兩次遇到的美貌女子，都是武藝高強，打不過她們的呢？上次擂臺遇見史錦屏，這次沙場碰上米飛雲。看這樣子，說不定還會被她捉去，這豈不是要讓同營兄弟笑死嗎？這可萬萬不成，不如趁早逃走吧。

　　廣明心裡還在盤算，米飛雲劍棍一下將廣明的禪杖打落，伸手便把廣明捉過馬去。廣明一急大聲說：「俺是出家人，最戒女色，妳將俺捉回去，俺也不能與妳成親。俺勸妳不如放俺回去，俺請一個英挺將軍出來，好讓妳將他捉住。那時他好色，妳快樂，不正是一對郎才女貌嗎？」

　　米飛雲把廣明往地上一摔，在馬上大吼：「戰場是戰場，誰跟你在那邊成親搶親的？將他綁了！」幾個兵卒便將廣明五花大綁，抬回大營去了。

李廣在城上看見一切，正準備派人再出戰，只見旁邊甘寧、鄭九州二人已經自行出城迎戰。

米飛雲士氣正昂揚，見對方二人出戰，毫無懼色的盯著二人。甘、鄭二人同聲大喝：「好個不知羞恥的女子，妳這樣看我們二人，難不成是妳愛上我們的標致臉蛋，想要我們做丈夫不成？」

米飛雲怒不可遏，回答說：「你們明朝人就只會油嘴滑舌嗎？大丈夫與女子對戰，竟還以二敵一，仗勢欺人，完全沒有英雄氣概，真是讓我堂堂大紅毛國公主大失所望！」

甘、鄭二人一聽十分羞愧，還在猶豫誰要先上，只見米飛雲已橫持劍棍，快馬衝過兩人。「噹」的一聲，二人手上武器在巨震之下雙雙落地，米飛雲又是一手一個，將二人擄去，大喊：「明朝無恥敵將聽著，本公主今天暫且先回營休息，明天再來捉你們主帥！」

李廣在城頭上看得直皺眉頭，暗嘆：「難道我大明軍隊就這樣敗在一名女將手上？」

「元帥不必過於擔心，三位將軍被捉實在是因為在劫難逃，但不至於有生命危險。明天請派桑將軍出戰，自然有解救三位將軍的計策，況且這位公主除了桑將軍外無人能敵。不僅因桑將軍精習武藝，更因為

他們二人有一段姻緣，所以非桑將軍不可。」蕭子世氣定神閒的說。

李廣隨即命令桑黛第二天出戰。

第二天出戰前，蕭子世吩咐桑黛說：「將軍這一戰，如果紅毛國公主有什麼話與將軍說，將軍儘管答應不必推辭。成敗都繫在將軍一人身上，千萬不可有誤。」桑黛不明就裡，只好連連說是。

二人對陣，桑黛只見米飛雲眉骨深邃、大眼碧睛，身形高挑、曲線豐潤，氣勢豪放好像白豔紅，但霸氣更勝一籌。雖然面目身材完全不像他以往見過的中原美人，但絲毫不遜色，是一個絕色美女。

米飛雲見桑黛俊秀挺拔，銀盔銀甲白色戰袍，品味不凡，一張俊俏臉龐，眼神堅毅中帶有柔情，銳利而收斂，比起紅毛國內自己的丈夫，似乎更懂憐香惜玉，不禁暗暗遐想。這種英雄，要到哪裡去找？

戰場上戰鼓咚咚，兩人卻是充耳不聞，還在那裡我愛你憐，彼此欣賞。

第十七章 桃花桑黛淒涼公主

　　直到桑黛身邊小兵提醒，桑黛才如夢初醒，拍馬上前說：「妳可是米飛雲？我是天下招討大元帥部下左先鋒桑黛。」

　　米飛雲一聽，也才驚醒：「原來是桑將軍，小女子久仰大名了。」

　　話才說完，桑黛一柄方天畫戟已經向米飛雲刺去，米飛雲暗想：「原來他不知我的用意，絲毫沒有憐惜之情，第一戟就刺向我心窩。」於是提起劍棍招架，哪知劍棍才一碰到戟上，桑黛已將戟抽回。米飛雲又暗想：「原來他是故意做戲，只用了三分力。那麼也是有些意思了。」於是舉起劍棍還招，同樣刺向桑黛心窩，同樣只用了三分力。

　　兩人就這麼暗暗不曾用力，做個樣子戰了十幾回合。

　　米飛雲忽然媚眼一飄，對桑黛說了一聲：「小子你果然厲害，本公主殺不過，你別再追趕過來了。」說

著虛晃一招，掉轉馬頭便走。

桑黛看這種狀況，深覺其中有詐，並不追趕。

米飛雲見桑黛沒有追來，頗感疑惑，難道他真的無情嗎？想了想又掉轉馬頭，再說：「一個先鋒竟然如此膽怯不敢追來，可見大明軍隊中都是無能膽小的人。」

這兩句把桑黛說得怒目圓睜，大喝說：「妳既然自找死路，不要怪我桑黛狠心了。」立即快馬追去。

兩人快馬奔馳，疾如旋風。直到數十里外，米飛雲忽然將馬一停，向桑黛說：「桑將軍，我有話與你說。」桑黛一聽，也就回答說：「公主有什麼話要對在下說。」

「我沒有什麼重要的話，只是見將軍才貌雙全，英勇無雙，心有好感。不知道將軍今年幾歲？家中有沒有妻子？希望將軍說清楚，我還有一件事要與將軍商量。」

桑黛聽她這樣說話，心中明白用意，回答說：「本將軍今年十九，尚未結婚。」

三門街

米飛雲一聽桑黛尚未結婚，心中十分高興，含羞說：「將軍啊，我父王幫我招了一個駙馬，既粗鄙又殘暴、不解風情，我只恨錯配姻緣，不能嫁給一個相知相許的丈夫！」說到這裡，竟不停的啜泣。

自古英雄難過美人關，桑黛看她這副模樣，心腸也不禁柔軟起來：「公主不必悲傷，心裡面有什麼話，不妨說出來。」

米飛雲聽了又羞又喜，欲言又止，過了片刻，才淚中帶笑的說：「我有真情意，希望與將軍永結鴛鴦。」

桑黛早知如此，不過戰場無父子，更何況露水姻緣。但是一生風流成性，如今見米飛雲美貌，內心又不禁動搖。雖然想要嚴詞拒絕，嘴裡卻是婉轉推託：「以公主的美貌，深情厚意，我也是很想跟公主結為夫妻。無奈公主已有丈夫，我雖然是個痴情種子，但實在不能讓公主為我毀婚背約。況且敵國不通婚，就算我答應，也跟禮制不合。請公主體諒，不要怪本將軍薄情！」

「將軍不要花言巧語，我只問將軍一句：行，還是不行？」

桑黛沉默，忽然記起蕭子世「切勿推辭」的囑咐，心裡想：「莫非蕭子世說的，正是這件事？如果是這樣，

今天我恐怕是騎虎難下了。況且<u>米飛雲</u>這般情意不知是真是假？不如我先假裝答應，提幾個條件試試她！若是虛情假意，日後再碰面便不須留情；若是真情真意，能換得<u>廣明</u>等人回來也是好事。到時我與她之間，走一步算一步就是了。」主意一定，<u>桑黛</u>立即說：「不是我不娶，只是我有三件事難以辦到，希望公主幫忙。如蒙幫助，過幾天便可締結良緣。」

「將軍的事，不要說三件，便是三十件我也答應。」

「好！第一件，公主投降我<u>大明</u>；第二件，釋放昨天捉去的那三位將軍；這第三件……我實在難以啟齒。」

「您就說吧，我們可以再商量。」

「我如果與公主結為夫妻，對公主而言固然是正如所願，我也心滿意足，但公主早已結婚，那又該怎麼辦呢？」

<u>米飛雲</u>一聽，沉默了一會兒，說：「這事確實棘手。前兩件我先答應下來，這第三件我明白將軍的意思，還請將軍放心，我自有萬全之策，一定不辜負將軍。」

<u>桑黛</u>急忙謝謝說：「如果公主有萬全之計，我必定遵命，一言既出，駟馬難追。」<u>米飛雲</u>欣喜若狂。

剛好雙方兵卒趕到，於是兩人又假裝殺了起來，

三門街

刀光劍影之中，兩人脈脈含情。不到幾回合，分別回營，各懷心思。

桑黛回營後向李廣等人細說清楚，大家都捧腹大笑，笑桑黛命帶桃花，竟連上戰場都能走桃花運。

蕭子世附耳低聲向李廣說：「我剛才卜了一卦，今天天將亮時米飛雲將與廣明等三人一同回營，同時為我軍殺掉敵營一名大將。廣明等人得以生還，桑黛這一件功勞，也算是從桃花運中得來。請元帥命令桑黛與所有兵卒今晚暫時不要休息，準備成就一樁姻緣。不過這樁姻緣，不能十分美滿，唉，這也是五百年前註定，勉強不來。」

李廣疑惑的說：「難道是一段惡姻緣嗎？」蕭子世並不回話。

到了黎明時分，小兵進來報告：「三位將軍回來了。」李廣正準備迎接，廣明三人已進來參見，並將米飛雲如何救出三人、如何暗殺丈夫等細節說了一遍，又說米飛雲現正提著丈夫人頭在營門等候，李廣命桑黛請她進來。

桑黛一聽驚訝不已，暗想：「我當時不過用話為難

她，她竟真的殺死丈夫來歸降。真是個狠心不義的女人！莫非，她當時不是假戲，而是真情？」桑黛邊想邊走出營門。

米飛雲見到桑黛，十分歡喜的說：「桑將軍！答應你的那三件事我都已辦好，今天特地帶了紅毛國大將仇里紅──也就是我丈夫的人頭來投降，表示我的一片至誠。請將軍先送進去，呈給元帥驗明，以便我拜見。」說完便拋來一個染血布包。

桑黛接過布包，忽然打了一陣寒顫，暗想：「她今天將丈夫殺死，前來跟從我，改天會不會又殺我而跟從其他人？」強自鎮定後，說：「公主難得對我情深，本將軍感激不盡。請公主下馬，跟本將軍一同進去面見元帥。」

米飛雲立即跳下馬，跟桑黛一起拜見李廣。

拜見完畢，蕭子世首先說：「公主這種姿容美貌，竟肯歸順我國，不只是我大明國家之福，也是桑先鋒天大的幸運。」

李廣接著說：「事情的前因後果，我已知道，現在公主與桑黛約定的三件事，既已圓滿完成，棄暗投明，正好良辰吉時，本帥已令人準備了紅燭鴛鴦被，粗菜淡酒，請桑將軍與公主成就美滿姻緣。」桑黛聽了大

吃一驚，元帥竟然這麼急著安排，不知有什麼用意？還在驚疑的時候，又聽李廣向米飛雲說：「軍中準備無法周全，請公主不要見怪。」吩咐擺設酒席。

桑黛只好跟米飛雲一起向李廣致謝。

喜宴結束，桑黛與米飛雲在新房內喝酒談心。

「今日能跟你同房，好像做夢一般。」米飛雲儘管早已喝醉了酒，卻還是春風滿面。桑黛看到她的紅唇，心中卻浮現布包上所染的血痕。

「承蒙公主愛護，桑黛無以為報，謹用這杯酒，聊表心意。」桑黛舉杯在手。米飛雲一笑，接過酒杯一飲而盡。

桑黛見她如此豪情，忽然暗中拿定主意。立即大獻殷勤頻頻勸酒，米飛雲毫不推辭，連乾了好幾杯。桑黛見她已不勝酒力，便說：「公主再喝三杯。」米飛雲立即又喝了三杯，忽然一陣暈眩，便已不省人事了。

桑黛見她醉倒，立即轉身抽出寶劍，對著米飛雲說：「飛雲呀，我不能留戀一個違逆人倫，背棄大義，殺害丈夫的女子，不要怪我痛下殺手！」正想一劍刺

下，忽然聽見米飛雲口中醉言醉語，一直喊著桑黛的名字，十分惹人憐愛。

　　桑黛的一股殺氣忽然消散，一陣不忍，嘆息說：「米飛雲呀，原來妳真是如此深情，為了我而來，我怎麼下得了手？」想到這裡，手一軟，劍尖朝下。

　　不過才一下子，桑黛猛然醒悟：「她今天既然能夠違逆人倫殺死丈夫，手段凶殘，改天……」桑黛覺得脖子一涼，「我為什麼不斬斷情魔，永絕後患？何況兩軍對戰，斬首敵將，也算為了我明朝大義，算是立下薄功了。」想完，又舉起寶劍，閉起雙眼，一劍斬下。

　　蕭子世見燭火忽滅，已經知道發生了什麼事，心有所感的說：「唉，米飛雲這麼率真的女子，忠於自己的感覺，付出一切，到頭來卻連自己的命都沒了。只能感嘆這被道德所捆綁的世間不容啊……」

第十八章 錦屏破陣李廣退敵

紅毛國大王米花青得知公主、駙馬死亡的消息，勃然大怒。立即寫好一封戰書，誇口自己所布的混元一氣陣無人能破，邀李廣決一死戰。

李廣欣然應戰，只是擔憂米花青信中提到的陣形，召來蕭子世商議：「我遍覽古今兵書，未曾讀過米花青所謂的混元一氣陣，這其中恐怕有邪道傷人之術。不知道軍師有什麼調度？」

「我也不曾聽過這個陣形，等明天觀察陣形，再找破陣的方法。」

第二天李廣、蕭子世與一班將領登上樓臺，仔細觀察敵方陣形。只見其中有高臺一座，中軍坐鎮，另有五千名兵士護臺。高臺外分東南西北四門，各有一個將領及兩千名兵士，圍繞著中央高臺不停移動，中軍看似被各門兵士重重圍住，卻又四通八達，可以隨時前往各門支援。陣中軍旗密布，刀劍森嚴，隊伍行列井井有條，絲毫沒有錯亂。就算從城中遠望，也可

察覺陣中的騰騰殺氣與陣陣陰風。

蕭子世盯著陣形很久之後，說：「這個混元一氣陣是按五行八卦之理布成。看它中央高臺周圍插滿黃旗、東門青旗、南門紅旗、西門白旗、北門黑旗，便是土木火金水五行。又將陣形劃成九宮，高臺居中，周圍八宮對應八卦，有如重現當年諸葛大破陸遜的亂石八陣圖。四面八方兵士圍繞高臺不停的移動，五行相生、八卦循環，真是奧妙無窮！陣中陰風陣陣，難怪米花青能如此自信滿滿。」

他低頭沉思說：「混元一氣陣依五行八卦布成，取水能滅火、火能熔金等相剋之理便可破解。但這奇門道術……唉！萬事具備，只欠東風。破陣難啊！難啊！」說完，陷入苦思。

李廣聽了，憂心不已。只見蕭子世不停來回踱步、掐指計算，一會兒又仰頭觀察天象，像是忽然想起什麼似的，掐指一算，高興的說：「有了！當年諸葛借東風，如今我們也將有救星到來！」接著趕緊取出紙筆，三兩筆的迅速繪出混元一氣陣的布局，只見圖中共分九個區域，其中東南西北方各有入口通路。

蕭子世又說：「各位請看，五行中黃色屬土、青色屬木、紅色屬火、白色屬金、黑色屬水。米花青在東

南西北中各方位立上不同顏色的旗幟，正巧對應五行中的木、火、金、水、土。」他一邊說，一邊提筆在圖上各方位加註了木火金水土等字，接著說：「我們取以土剋水、金剋木、火剋金、水剋火之理便能破解。請元帥吩咐準備金黃色、白銀色、焰紅色與鐵黑色的盔甲，命兵士穿戴，並備妥四種顏色的大旗。將部隊分為黃土、白金、紅火、黑水四軍，各三千人，分別從四方進擊。」

李廣馬上辦理這些事，一切安排妥當，蕭子世調度指揮：「徐文亮、張穀領黃土軍，持黃旗，攻他北門水；桑黛、廣明領白金軍，持白旗，攻打東門木；洪錦、白豔紅領紅火軍，持紅旗，進攻西門金；請元帥與楚雲持黑旗，親率黑水軍，從他南門火進。四方得勝後，一同前往中間高臺會合，直取敵人中軍。」

厚重城門緩緩打開，只見李廣、楚雲帶頭，率領兵馬浩浩蕩蕩而出。不一會兒，殺聲大起，一萬名兵馬忽然分成四支隊伍，直往混元一氣陣的東南西北四方進襲。

廣明、桑黛殺進東面，恰好碰到薩里東手持鋼刀迎戰，雙方刀劍並舉廝殺在一起，誰知薩里東不過戰了幾個回合，拍馬便走。兩人急急追趕，才轉了兩三

個彎，忽然覺得日光黯淡，眼前路徑模糊不清，也不見薩里東人影。又發覺路旁遍地樹枝，四處不停傳來怪鳥悲鳴聲，再看後面兵士，卻連個影兒也沒有。

同時之間，進攻西門的洪錦、白豔紅也是忽然覺得陰風吹襲，眼前立即出現許多刀山劍海團團相圍，險絕茫茫不知去路。負責北門的徐文亮、張穀也陷入險境，入陣初見腳邊水灘，不以為意，等到發現水淹馬膝時，回頭一望已是一片大水，波濤滾滾無邊無際。

攻入南門的李廣、楚雲兩人聯手，一劍一刀便已將南門守將薩里南斬落馬下，但再領兵深入陣中時，四周剎那火起，轉瞬間熊熊火海圍繞，烈焰與黑煙齊竄。煙霧瀰漫中似乎有一巨大的人影扛著兵器，緩緩穿越火海走來。

李廣定睛一看，發覺搖曳火光之中，那柄武器蜿蜒如蛇，正是丈八蛇矛。

「振天雷！」李、楚二人齊聲驚喊。李廣回想起當初想攔阻史洪基，卻遭振天雷一招壓制的場景，如今又見振天雷從火中渾然無懼的走來，內心便有了怯意，「要來便來吧！」李廣咬牙一振手中的青龍偃月刀，擺出奮戰的架式，卻忽然感到暈眩。

原來紅毛國大王米花青站立高臺上，

眼看明軍都已深陷陣中，哈哈大笑：「蕭子世，你道行不夠呀！想用五行相剋的方法破我，你還棋差一著呢！」他搖起手中一柄烏黑鑲金的落魂旗，忽然間，入陣的各路英雄，包括李廣與楚雲，無不感到一陣暈眩，頭重腳輕，跌落下馬，昏厥過去。

城頭上，蕭子世遠遠望見入陣將士命懸一線，失去了平常的泰然自若、鎮定冷靜，焦急的來回踱步，不斷掐指：「難道我算盡一生，這次竟錯算了嗎？」

高臺上，米花青持符捏訣，口中念念有詞，剎那間天昏地暗，飛沙走石從天而下，陣中萬千番兵齊呼：「降！降！降！」呼號之聲，震動山谷。

忽然一聲清亮的聲音破空而來，雨下光至，一個雷鳴平地而起，一位仙女憑空降落高臺之上，手中寶珠發出萬道霞光射向四方，破除飛沙走石、破除那些木金水火的幻境，那聲雷鳴巨響也震得身陷陣中的八位英雄個個甦醒過來。

蕭子世望見立即安心：「果然跟我料想的一樣，破陣就差這一人。如今這人到來，大功將成。」

首先醒來的是曾受八仙呂洞賓教誨的徐文亮，一睜眼望見臺上仙女身影，剎那間已經認出：「錦屏？」

正是當年墜落擂臺火海而被何仙姑救去的史錦

屏！如今一身白色絲袍，右手拂塵，左手鎮魂珠。雲鬢飄揚，倩影依舊，只是眉宇之間已經沒有當年狠勁，慈眉善目，一張臉更是素淨。

「本道姑到此，大王邪法已經沒有用，還請立刻退兵，速離中原。」史錦屏菩薩低眉望向米花青，以一種低吟的沉穩音調說道。

米花青回答說：「休想！」正準備再次揮舞手中烏金落魂旗，手卻被一團灰白雲絲拂塵輕輕拂過，落魂旗跌落塵埃。史錦屏再次以那似無情卻有情的眼神望著米花青，再次重申：「速──離──中──原。」

一個熟悉的聲音，從米花青身後傳來：「錦屏嗎？」史錦屏循聲望過去，竟是父親史洪基，還有劉瑾。

如雷轟頂，縱使菩薩也不能靜心。

臺下，從地獄踏火而來的振天雷，已經來到李廣身旁。李廣一睜眼，就見一陣銀光直襲。本能之下滾身險險避過，迅速蹲起。這才發現頭上鐵盔已被削去一片，髮髻一解，長髮披肩；臉上一涼，血流滿面。

一旁的楚雲還沒醒來。

「李廣！不是我要殺你，只是史丞相為國為民，出此下策。我能做的便是替他剷除路上所有的阻礙，而你是最大的一個！」振天雷喊著說。

「一個叛徒，還敢胡言亂語！引賊入室，平白挑起戰端，擾亂中原安寧，難道是為國為民？何況史洪基已經不是丞相！」李廣回答說。

「破壞，是為了建設。如今你在朝已經有段時間，想必見識到了宮廷、官場的腐敗？那個昏君值得你為他苦苦賣命嗎？」

「君君臣臣。縱使當今皇上並不賢明，我們也要維護皇上權力。否則改天縱然有明君，底下臣子卻動不動便造反，那也成就不了大事啊。」

「唉，你這束縛在千年皇權思想下的蠢驢！如果你能看見史丞相心中萬民為主的願景，或許就不會這麼說了。」

「不要再說了！我李廣今天便要你們這群叛臣賊子的命。」

「你以為你打得過我嗎？」

「我已經不是當年的吳下阿蒙了。來吧！」

振天雷舉矛大步搶進，瞬間丈八矛蛇與偃月青龍纏鬥，迸出令人不可逼視的火花，發出驚天動地的聲響。李廣武藝雖是日益精進，又仗著年輕力壯，但面對身經百戰的前明朝第一大將——振天雷，還是只能勉力抵擋，落居守勢，戰了數十回合後，虎口也慢慢

滲出血來。

忽然錚錚一聲巨響，萬籟俱寂。

振天雷說：「好小子，當元帥不一樣啦？能抵擋我這麼多擊。不錯！只是還差了一些。」

李廣雙臂青筋暴出，蹲跪橫舉青龍偃月刀，抵擋振天雷那柄一寸一寸逼近頭頂的蛇矛。振天雷又說：「時候到了，願你在九泉能明瞭史丞相是對的。」

「沒錯！時候到了！」回話的不是李廣。

忽然有一柄斷劍斜斜刺進振天雷的左胸。一柄魚腸，過去專諸刺王而斷，如今同樣戲碼上演。原來是不知何時甦醒的楚雲，伺機一劍刺中了振天雷。

魚腸穿透振天雷身上的二層鎧甲，到第三層時斷劍再斷。只是殺氣未斷，楚雲雙手握劍，使勁往前再送，魚腸穿過了最後一層鎧甲，直刺心臟。

振天雷暴怒，重重一腳踢在楚雲胸上。楚雲胸前鐵甲凹陷，鮮血從嘴裡激濺而出，隨即像斷線風箏般向後飛出。

一聲淒厲。

「這叫聲，難道你是女的？」振天雷大驚倒退兩步，又嘆了一聲說：「我振天雷一生沒有吃過敗仗，竟然敗在一個女……」

話尚未說完，<u>李廣</u>大刀一揮，斬下了<u>振天雷</u>的人頭。

「這你不需要知道。」<u>李廣</u>說：「這是我與<u>楚雲</u>之間的祕密。」

第十九章　苦心史相成王敗寇

　　從幻術中脫困的英雄都或捉或殺了敵軍四方守將，陸續趕到高臺前，衝進那最後的五千兵士中，兵器交擊的廝殺聲不絕於耳。

　　臺上史錦屏恍若無聞：「爹，您怎麼會在這裡？」

　　心中掛念史錦屏的徐文亮這時一躍而上，正好與史洪基等人分別站在史錦屏左右相對。

　　臺下李廣還在與兵士奮戰，一見徐文亮已經上了高臺，大喊：「快！文亮，快捉住叛賊！」徐文亮聽了上前一步便要動手。

　　「慢著，什麼叛賊？」史錦屏忽然大吼，顯然已失去冷靜：「說！」

　　徐文亮停下腳步，慢慢的道：「妳不在的這些時間裡，發生許多事……」他慢慢將史洪基、劉瑾一幫人如何與永順王謀反挾持皇上，又如何慫恿紅毛國大舉入侵的事扼要說了一遍。

　　「他說的是真的嗎？我不相信！」史錦屏聽完，

問父親史洪基。

　　史洪基並不辯駁，只說：「成者為王，敗者為寇，如今我只能說我身為罪人，世間不容。」史洪基眼看振天雷被李廣斬殺，明朝大軍蜂擁而至，已不想抵抗。

　　「爹，從小我便跟在您的身邊，了解您那套萬民為主的思想。只是我不明白，您歷經千辛萬苦、甚至不計背負罵名，巴結劉瑾，終於成為一人之下、萬人之上的丞相，應當可以推行一切，為何還要弒君叛國？這不是我所知道的父親會做的事啊。」

　　史洪基雙唇未開，已聽身後傳來劉瑾尖細的聲音問：「史洪基，我只是你獲得權力的跳板嗎？」聽了史錦屏的話後劉瑾大吃一驚的問。

　　「不然，你以為我為什麼要討好你這個眼中只有自己利益的太監？」史洪基頭也沒回，像是喃喃自語般冷冷的說。

　　「你這奸人！居然騙我這麼久！」劉瑾怒罵。

　　「是。使這種手段，我是奸人沒錯。但是至少我知道自己為何而奸！為了萬民，我樂於背負奸名。」史洪基振振有辭，卻忽然閉目低頭：「只是對不起那些在我奪權路上犧牲的忠良才幹了。唉……」

　　在史洪基的長嘆聲中，明軍已獲得壓倒性的勝利，

只剩不到千名的敵兵還在做最後的掙扎。桑黛等英雄躍上高臺，將米花青、史洪基、劉瑾等人團團圍住，李廣也扶著傷重的楚雲趕到。

「奸賊，天理昭彰，紅毛國大勢已去，趕快束手就擒，隨我回去面見皇上謝罪！」李廣大喊。

「又是天道嗎？」史洪基低著頭暗念，搖頭苦笑：「到最後，還是只有振天雷真正了解我所追求的到底是什麼……」

「文亮，動手！」李廣又說。

「不要過來！」史錦屏急轉過身，護著史洪基等人，一柄拂塵直指李廣：「讓我爹把話說完。」

史洪基看見史錦屏挺直的背脊，獨立面對著一群以李廣為首的招英館眾，顯得嬌小，卻又巨大。

三門街

「不愧是我的女兒呀……」史洪基心裡想著，嘴角不由自主的上揚，暗自拿定了主意。「好。」史洪基倒吸一口氣，忽然大聲說：「李廣！你們這群招英館的，還有在場的所有將士，包括紅毛國的人，全給我聽清楚！」

「我所要反的不是哪一任的皇帝，而是世襲制度。只要還有皇帝在位，還有所謂的天道，還有迷信，還

有一切忠孝仁愛的八股束縛，人民不可能做自己的主人。什麼是忠？什麼又是孝？人為什麼要忠君？又為什麼要孝順父母？這一切都沒想清楚以前，只是緊抓著忠孝仁愛的教條又有什麼道理？」

「所以我必須要先破壞這整個體制。國家不是皇帝的，人民也不屬於天子。天下沒有階級，國家是人民所有，一人之興一邦即興，一民之亡一國便亡。唯有如此，每個人都會刻不容緩的以天下為己任。你們都應該試著站在高臺上，看看這個世界。終究會了解自己便是國家。」

史洪基一口氣說完，在史錦屏的背後，凜凜然立於天地之間。戰場已經靜默，只有兵器紛紛摔落的聲音不斷傳來。

「女兒，我大勢已去。妳快給妳爹一個痛快！帶我的人頭回去，還能為大明立下誅殺叛賊的大功，免受我叛國罪誅九族之害。」史洪基對史錦屏說。

史錦屏回頭，卻說不出話來。

「妳還不懂嗎？成事不必在我。」史洪基繼續說，聲音堅定，眼神澄澈，似乎說著不容違背的命令：「大明的未來將交付在你們這一代的手上了。」

大家都不作聲，只有徐文亮慢慢上前，從腰間抽

出另一柄隨身攜帶多年的寶劍遞上，原來就是史錦屏當年遺落在擂臺上的佩劍，那柄尊貴無雙的「純鈞」。

史錦屏緩緩抽出徐文亮遞來的純鈞，抵住父親史洪基的脖子，不停顫抖，淚也止不住的落下。史洪基閉目仰天。

等死。

只聽哐啷一聲，純鈞摔落塵土。

從未染血的純鈞依舊保持著它的尊貴：「不成，我不能為了苟活而作出不孝之舉。」史錦屏頹然的說。

「算了。」史洪基暗嘆一聲，迅雷不及掩耳的抽出了佩劍，朝自己咽喉一橫。在萬人之上的高臺，在史錦屏面前，自刎而死。

史洪基倒下，手中寶劍噹啷落地。只見那劍身，飄渺深邃，似乎有巨龍蟠臥。竟是一柄象徵誠信高潔的「七星龍淵」。

史錦屏見父親自刎，立刻暈厥跌倒在地。

徐文亮大驚，急忙將史錦屏一把扶住，懷抱著她緩緩屈膝坐下。不過這次他再也沒哭喊出聲，只是靜靜的陪伴在旁。

戰事結束，李廣將米花青、劉瑾等人押了下去，重新整頓隊伍，收兵回營。徐文亮則獨自留在高臺上照顧史錦屏。

　　沒多久，史錦屏悠悠轉醒，忽然發覺自己躺在溫暖的臂彎裡，定神一看，竟是徐文亮。立刻雙臂一揮跳了起來。不料揮臂的時候用力過猛，卻將徐文亮推倒一旁。

　　史錦屏想上前扶他卻拉不下臉，手伸了一半又忽然縮回，別過頭說：「謝謝你。」隨即默默抱起父親的屍體，慢慢走到臺邊，準備往西方而去。徐文亮也沒有站起來，只是呆呆望著史錦屏默不出聲，安靜得像是一塊石頭。

　　夕陽照耀下，史錦屏的背影只是一片邊緣發散光芒的黑暗，沒有語言。

　　「我不回朝了。」史錦屏突然說：「你……」她慢慢側過了臉，徐文亮這才看清了史錦屏的臉龐，表情堅毅已經沒有半點淚水。

　　「你要跟我來嗎？」他似乎聽到她這麼說。

　　李廣和楚雲已經走遠，回頭看的時候，徐文亮與史錦屏兩人都已消失在高臺之上。

　　李廣率領大軍凱旋回國，紅毛國王米花青也派遣使節隨同明軍一同入朝請降，天下總算又回復了寧靜。

　　回國路程漫長，從寸草不生的貧瘠荒郊，走過塵灰迷濛的鄉間，走過燈紅酒綠的城市，最後回到了金碧輝煌的京城宮殿。李廣坐在馬上，真正親眼目睹了「朱門酒肉臭，路有凍死骨」的情景，不禁猜想著史洪基腦海中的國家景色到底是什麼樣？也不禁質疑自己，逼死史洪基難道錯了？自己從小謹遵父親忠君教誨，卻如史洪基所說的，從未想過什麼是忠？又到底是為何而忠？還沒想出答案，便已經到了大殿上。

　　李廣呈上紅毛國降書與功勞簿後，正德皇帝沒多久便下旨賞賜。英武伯李廣變成了英武王，忠勇侯楚雲成了忠勇王。但是除了頭銜響亮，薪俸、權力多了些之外，其實他們並未感到有什麼不同。

　　他們真立了大功，是吧？所以才能夠衣錦還鄉，返回他們的三門街。

時光飛逝，一天李廣邀請楚雲到
平山遊玩，兩人看見當年史錦屏
所擺設的擂臺，如今只留下
一些燒毀後的斷垣殘壁，不
禁唏噓。

　　「史錦屏與徐文亮應該已成
一對神仙眷侶了吧？」李廣暗想。

　　「不知如今徐兄弟與錦屏雲遊到哪裡了？」楚雲
恰似心有靈犀的這麼問。

　　「搞不好也在附近呢。」

　　「那我們得趕緊讓開才是？」楚雲開玩笑的說。

　　李廣笑而不答，與楚雲漫步離開了那燒毀的擂臺。

　　李廣回想當初打敗紅毛國時高臺上的情景，又再
度想起史洪基所提的那些問題。他始終不曾有過答案。

　　楚雲看見李廣若有所思的神情，問說：「在想些什
麼呢？」

　　「我在想史洪基說過的話。」

　　「嗯？」

　　「他的忠心，是對人民而言吧。畢竟他的腦海裡，
認定人民便是國家。只是他並不忠於臣子的位置，而
且手段相當奸詐。」

「這麼一說，我也是奸詐之人。」

「什麼？」李廣一時沒能意會。

「我並不忠於我的女兒身分，假扮成男兒、求取功名的手段也很奸詐。」

「是啊！還敢說。」

「哼。還不是因為你們男人掌控的這世界，沒辦法接受女人功成名就，男女大大不平等！你信不信如果我現在表明身分的話，忠勇王府馬上就變成忠勇祠了。」

「那是因為妳犯了欺君之罪呀。」

「欺君欺君，皇上也不想想，當初在河南行宮拚了命救他的，是男的還是女的？」楚雲說：「你看白豔紅，再看看史錦屏，沒有她，你破得了混元一氣陣嗎？再說，又是誰在振天雷手中救了你一命？」

李廣被楚雲說得完全搶不上話，又不好意思道謝示弱，只好轉移話題：「對了，妳被振天雷所打的傷養好了嗎？」

「好得差不多了。」

「那就好。」李廣說完，不再多話，只是埋頭默默的繼續往前走，留下停在原地的楚雲。

楚雲看著李廣寬闊的背影，忽然想起李廣斬殺振

天雷時所說的那句話，於是遠遠望著他說：「謝謝你幫我保守祕密。」

李廣走遠了，似乎沒有聽到。

兩個人漫遊著，只是不管或前或後、或左或右，都保持著某個距離，更不知是有意還是無意，兩人竟來到了初遇的那個桂花亭。初遇的悸動，緩緩爬上兩人心房。

「喂，所以妳什麼時候要恢復女兒身？」

「你說呢？」

「天機不可洩露！」李廣一說，兩個人都笑了。

「如今世人或許還不能接受吧。」

「沒關係。至少我們可以。」

三門街

三門街——忠奸難辨

看完本書，你對《三門街》的故事是不是已經有更深刻的了解呢？動動腦，試著回答下面的問題吧！

1.招英館英雄裡，你最欣賞哪一個？為什麼呢？

_____

_____

_____

_____

2.你覺得史洪基是忠臣還是奸臣？為什麼呢？

_____

_____

_____

_____

3.請查一查並寫出民間傳說中的「八仙」，除了書中出現的呂洞賓、何仙姑之外，還有哪六仙？

_____

_____

_____

4.你心目中的楚雲回復女兒身之後是什麼模樣呢？快動筆畫出來吧！

張果老、藍采和、李鐵拐、韓湘子、曹國舅、（序無依）仙八：答參

另有其他學習單，可到三民網路書店下載

在經典故事中成長

——有圖、有料、有意思

唐三藏西天取經、魯智深大鬧桃花村、

諸葛亮草船借箭、牛郎織女鵲橋相見……

過去，我們讀這些故事長大

現在，我們讓這些故事陪孩子一起長大

豐富的文化應該被傳承，傳統的經典需要有新意

小說新賞，讓經典再現——

🍐 導讀簡明，掌握故事緣起

🍐 內容生動，融合古典新意

🍐 插圖精美，呈現具體情境

🍐 經典新編，富含文學性質

全系列共三十冊　敬請期待

一生不可不讀的三十本經典

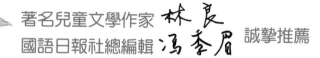

著名兒童文學作家 **林 良**
國語日報社總編輯 **馮季眉** 誠摯推薦

一套充滿哲思、友情與想像的故事書
展現希望、驚奇與樂趣的
我的蟲蟲寶貝！

想知道

迷糊可愛的毛毛蟲小靜，為什麼迫不及待的想「長大」？

沉著冷靜的螳螂小刀，如何解救大家脫離「怪傢伙」的魔爪？

膽小害羞的竹節蟲阿比，意外在陌生城市踏出「蛻變」的第一步？

老是自怨自艾的糞金龜牛弟，竟搖身一變成為意氣風發的「聖甲蟲」？

熱情莽撞的蒼蠅依依，怎麼領略簡單寧靜的「慢活」哲學呢？

Let's Go!

隨著昆蟲朋友一同體驗生命中的奇特冒險

學習面對成長過程中的種種難題

成為人生舞臺上勇於嘗試、樂觀自信的主角！

國家圖書館出版品預行編目資料

三門街 / 余知奇編寫;李詩鵬繪.－－初版一刷.－－臺
北市: 三民, 2011
　　面;　公分.－－(兒童文學叢書 / 小說新賞)

ISBN 978-957-14-5475-7　(平裝)

859.6　　　　　　　　　　　　　　　100004851

© 三門街

編 寫 者	余知奇
繪　　者	李詩鵬
責任編輯	莊婷婷
美術設計	黃顯喬
發 行 人	劉振強
著作財產權人	三民書局股份有限公司
發 行 所	三民書局股份有限公司
	地址　臺北市復興北路386號
	電話　(02)25006600
	郵撥帳號　0009998-5
門 市 部	(復北店)臺北市復興北路386號
	(重南店)臺北市重慶南路一段61號
出版日期	初版一刷　2011年4月
編　　號	S 857480

行政院新聞局登記證局版臺業字第○二○○號

有著作權·不准侵害

ISBN　978-957-14-5475-7　(平裝)

http://www.sanmin.com.tw　三民網路書店
※本書如有缺頁、破損或裝訂錯誤,請寄回本公司更換。